그리운 것은 모두 달에 있다

그리운 것은
모두 달에 있다

권대웅 시인의 달 여행

WISDOM 예담

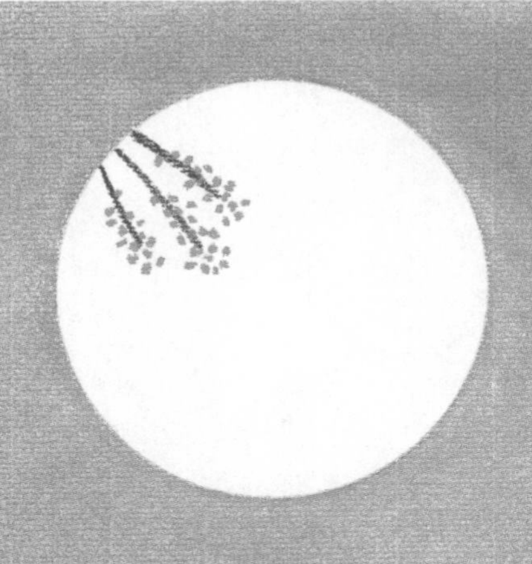
달의환한기운이그대
사시는모든밤지켜주리

간다 그리운 저 미친놈 사이프러스 위 밀밭 하늘을 노랗게 불질러
놓고 불질러 놓고 절룩거리며 간다 이 골목 저 골목 떠도는 시린 귀
달빛이 그것을 소아 꿰매주고 있는데 술병에 해바라기를 꽂아 놓
은 한 사내가 담벼락에 구겨 앉아 울고 있다 가슴에 진눈깨비
가 내리는 사내 고흐라는, 외로운, 눈물겨운, 저 미친놈 권대웅

아를의 달

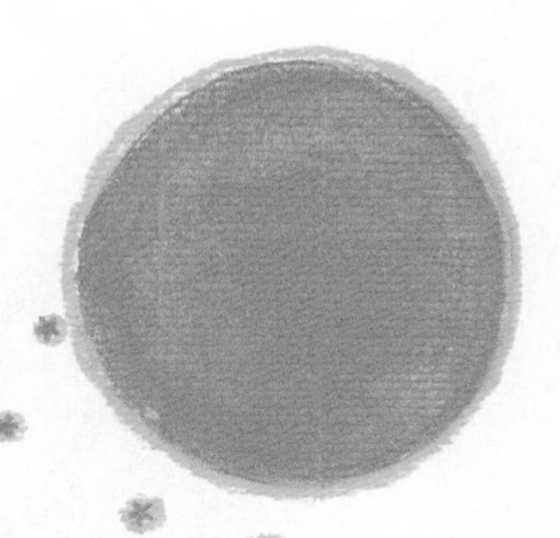

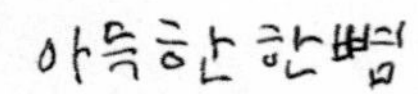

아득한 한뼘

멀리서 당신이 보고 있는 달과 내가 바라
보고 있는 달이 같으니 우리는 한 동네지요 이
곳 속 저 곳 은하수를 건너가는 달팽이처럼
달을 향해 내가 가고 당신이 오고 있는 것
이지요 이생 너머 저생 아득한 한뼘이
지요 그리움은 오래되면 부푸는 것이어서 먼
기억일수록 더 환해지고 바라보는 만큼
가까워지는 것이지요 꿈속에서 꿈을 꾸고
또 꿈을 꾸는 것처럼 우리는 몇 생을 돌다가 와
어느 봄밤에 다시 만날까요 달詩 권대웅

강물이 밤중에도 흘러가는 것은 바닷물이
쉬임없이 밀려오는 것은 달빛이 그들을 읽고 있
기 때문이다 붉은가슴도요새가 수만 킬로
의 하늘을 날 수 있는 것은 꿈틀거리던 애벌
레가 나비로 날아오를 수 있는 것은 달
빛이 그들을 들어올려주기 때문이다 바
람도 불지 않는데 나뭇가지가 흔들리는
것은 아무도 앉아있지 않는데 빈 그네
가 움직이고 있는 것은 꽃이 피고 지는데
오라! 당신이 보고 싶은 것은 달빛이 우리
를 읽고 있기 때문이다

당신이 보고 싶어지는 이유

둥근 달 기타로 그대 꿈

환하게 연주하리

달기타

파랑을 치면 파랑! 하고 오고 빨강을
치면 빨강! 하고 온다 노랑을 치면 노랑이
울리고 보라를 치면 보라가 울린다 이 세상
을 울리면서 오늘 모든 것들을 노래라고 부르자
축복을 초록이라고 부르자 기쁨을 분홍이라고 부
르자 눈물을 분홍이라고 부르자 슬픔 마저도 노래
라고 부르자 달은 그렇게 매일 밤 잠든 당신
들 창에 와 기타를 연주한다 당신 꿈 환
해지라고 환해지시라고 달詩 축 궁리대왕

텅비어 있으면서도
가득찬 소리 아무것
도 들어 있지 않으면
서도 따르면 따를
수록 가득 채워지는
달항아리
2014 최대웅

당신과 살던 집

길모퉁이를 돌아서려고 하는 순간 후드득 빗방울이 떨어지려고
하는 순간 햇빛에 꽃잎이 흘리려고 하는 순간 기억 날 때가
있다 어딘가 두고 온 생이 있다는 것 하늘언덕에 쪼그리고 앉아
당신이 나를 기다리고 있다는 것 어떡하지 그만 깜빡 잊고
여기서 이렇게 올망졸망 나팔꽃씨앗 같은 아이들 낳아 버
렸는데 갈 수 없는 당신 집 와락 생각날 때가 있다 햇빛
에 눈부셔 자꾸만 눈물이 날 때 집 찾기 위해 돌아보고 싶어질 때
노을이 붕붕 울어댈 때 순간 불현듯 화들짝 지금 이 생만이 전
부가 아니라는 생각이 들 때가 있다 기억과 공간의 갈피
가 접혔다 펴지는 순간 그 속에 살던 쌀술 같은 당신의 숨
소리가 나를 끌어당기는 순간 달詩 2015 권대웅

달을사랑한나무
나무를사랑한달
서로 그리워 물들어
하늘로가는 나무나
무밑뿌리에 깃드
는 달 달詩 권대웅

누가거문고를 연주하고있다 깊은밤 그소리들으며
연못에서연꽃이피어나고있다 혼절하듯 뜨거운
꽃의숨결 달빛이 한잎씩 건드릴때마다 이생
으로 건너오는 하얀연꽃의생애와 달의 연못에
비친 또하나의달사이 고요하고고요하여라 빛
과소리가만나는 저삼천대천세계 밤하늘
을 날던새는그만눈이멀고자다가 그 소리듣고깨
어 그만 전생을알아버린당신은 이마가 환한
당신은 아 손가락이여섯개 연못에비추어거문고를
연주하고있다 달거문고 2015 김대웅

달에게 가리

달 한 귀퉁이에 집을 짓고
장독대를 만들고 마당에는 세너
평의 텃밭 별들이 울에다 좋은 씨앗으로
당신이 밤에도 볼 수 있는 꽃들을 가꾸리 달빛
에 발효되는 그리움들 구름이 달을 지나가는 순간
꽃은 당신 닮은 아이를 낳으리 오손하게 지리라 밤이
면 세상 슬픔 몸 배어도 강물에서 반짝이고 언
덕에 엎드려 울던 별들과 새들 숲속의 시냇물들
하늘로 흘러가리 달에게로 가리 달 지붕 위에
굴뚝을 만들고 부뚜막에는 둥근 밥솥 첫새벽 밥
짓기 놓고 밤새 당신 바라보다가 눈썹이 하
얗게 새어 없어져도 행복하리 달솔

다솜
그림

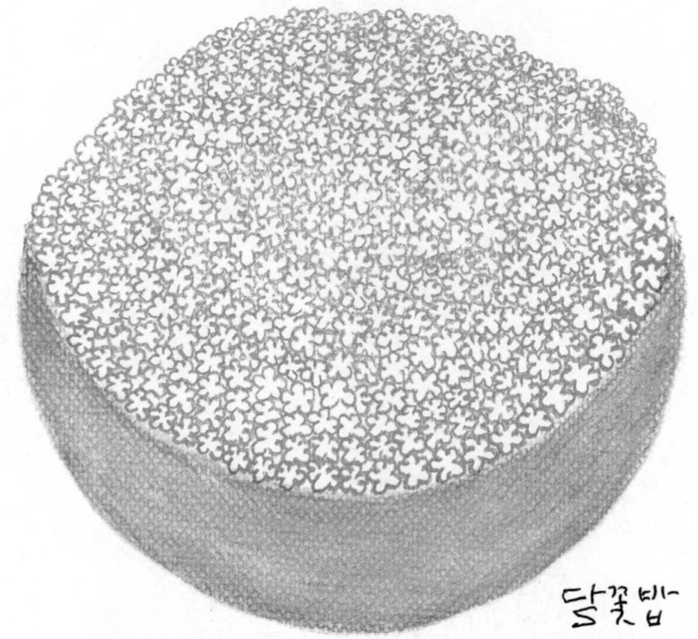

달꽃밥

스무살적 시집와서 우리엄마가 처음으로 지은
꽃밥 고운 손으로 밥알 하나하나 어루만진 그마
음씨 너무 예뻐서 초저녁 하늘에 뜬 초승달이
한그릇 빌려간 우리엄마 달꽃밥

달詩 권대웅
2015

달 목련
목련 나뭇가지에서 달이 태어나고 있다
손톱만 하더니 손톱 밑 반달만 하더니 꽃
을 열고 나오는 저 달 좀 봐 흰 달을 본 만 하
는 저 꽃 좀 봐 어느 생에서 누가 빌었던
소원이 없을까 봄 밤 흰 그늘 아래 꽃이 피
워내고 있는 저 환 한 화엄경을 읽다가
나도 어느 세월 허공에서 다시 피어
나고 싶었다 당 신에게 그렇게 봉헌
하고 싶었다 꽃 이 피고 꽃이 지고 꽃 속에
또 꽃이 피고 꽃이 지어 수천수만 번
봉이 하나의 친 끈으로 이어져 있는 것
같은 봄밤 당 신 대 우

씨앗이 자라는 속도만큼 씨앗을 뿌리며 농부가 걷는 속도만큼 달팽이가 하루 종일 풀잎 한 줄기를 기어가는 속도만큼 햇빛에 꽃잎이 열리는 속도만큼 아이가 엄마 뱃속에서 열 달 동안 자라는 속도만큼 남몰래 당신을 사랑하던 속도만큼 달이 아! 보름달이 밤하늘로 천천히 차오르는 속도만큼

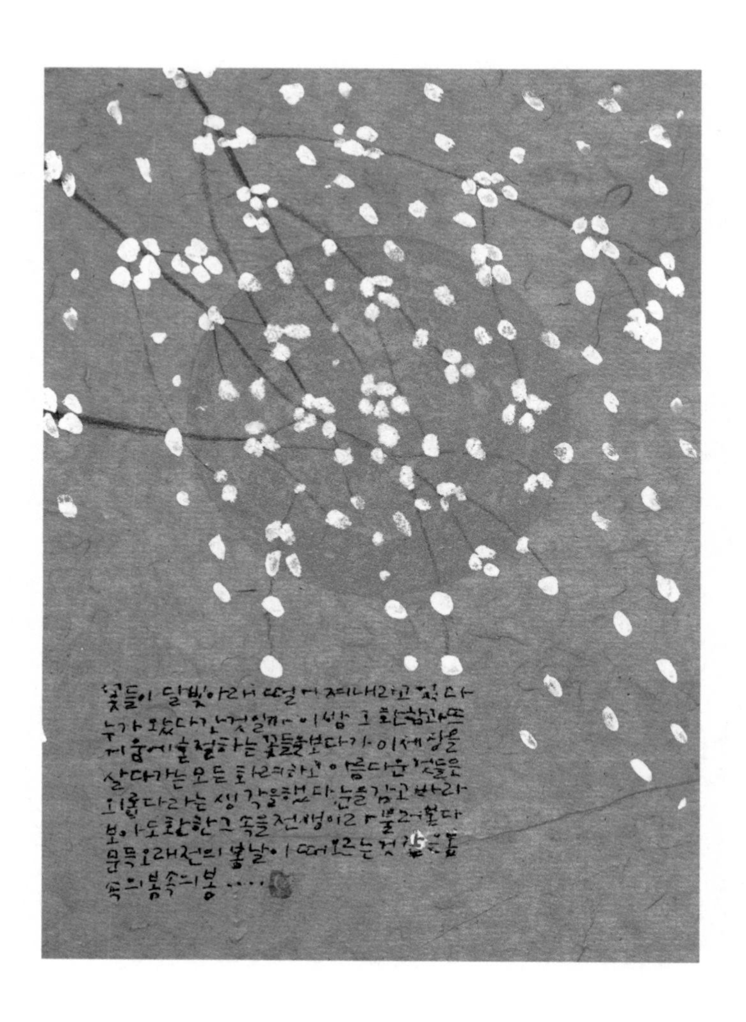
꽃들이 달빛 아래 떨어져 내리고 있다
누가 왔다 간 것일까 이 밤 그 환함과 또
서움에 울컥하는 꽃들을 보다가 이 세상을
살다 가는 모든 화려하고 아름다운 것들은
외롭다라는 생각을 했다 눈을 감고 바라
보아도 환한 그 속을 전생이라 불러 본다
문득 오래전의 봄날이 떠오르는 것 같은 꿈
속의 봄 속의 봄 ....

서문을 대신해서

당신이 이 세상에 와서 참 따뜻했으면 좋겠다. 때로 힘들고 슬프고 외롭고 아프더라도 그것을 행복으로 만들어가는 과정이었으면 좋겠다. 서로 사랑하고 좋아하고 편들어주고 그러다가 미워하고 싸우고 화내던 당신. 시냇물처럼 웃고 울던 당신. 옛날에는 없었던 당신. 지금에만 현존하는 당신. 여름의 눈사람처럼 언젠가는 이 세상에 없을 당신. 당신이 지금 여기에서 참 행복했으면 좋겠다. 소망을 이루었으면 좋겠다. 달처럼 어두워도 환하게 사는 당신. 없어도 나누어주고 싶어 하는 당신. 착해서 가난한, 당신들에게 이 달 책을 바친다.
달이 당신이 원하는 그 소원 이루어지게 해주리!

DREAM 2015 봄, 엔디미온 권대웅

contents

달과 사랑에 빠지는 순간

달詩

달을 여행하는 이

달詩

그리운 것은 모두 달에 있다

달詩

내가 사는 달

달詩

달빛에 눈이 부실 때, 때로 눈물이 날 때

문득문득 이 세상 전에 내가 어디선가 겪었던

기쁜 일, 슬픈 일, 행복한 일들이 생각날 것만 같다.

달과 사랑에 빠지는 순간

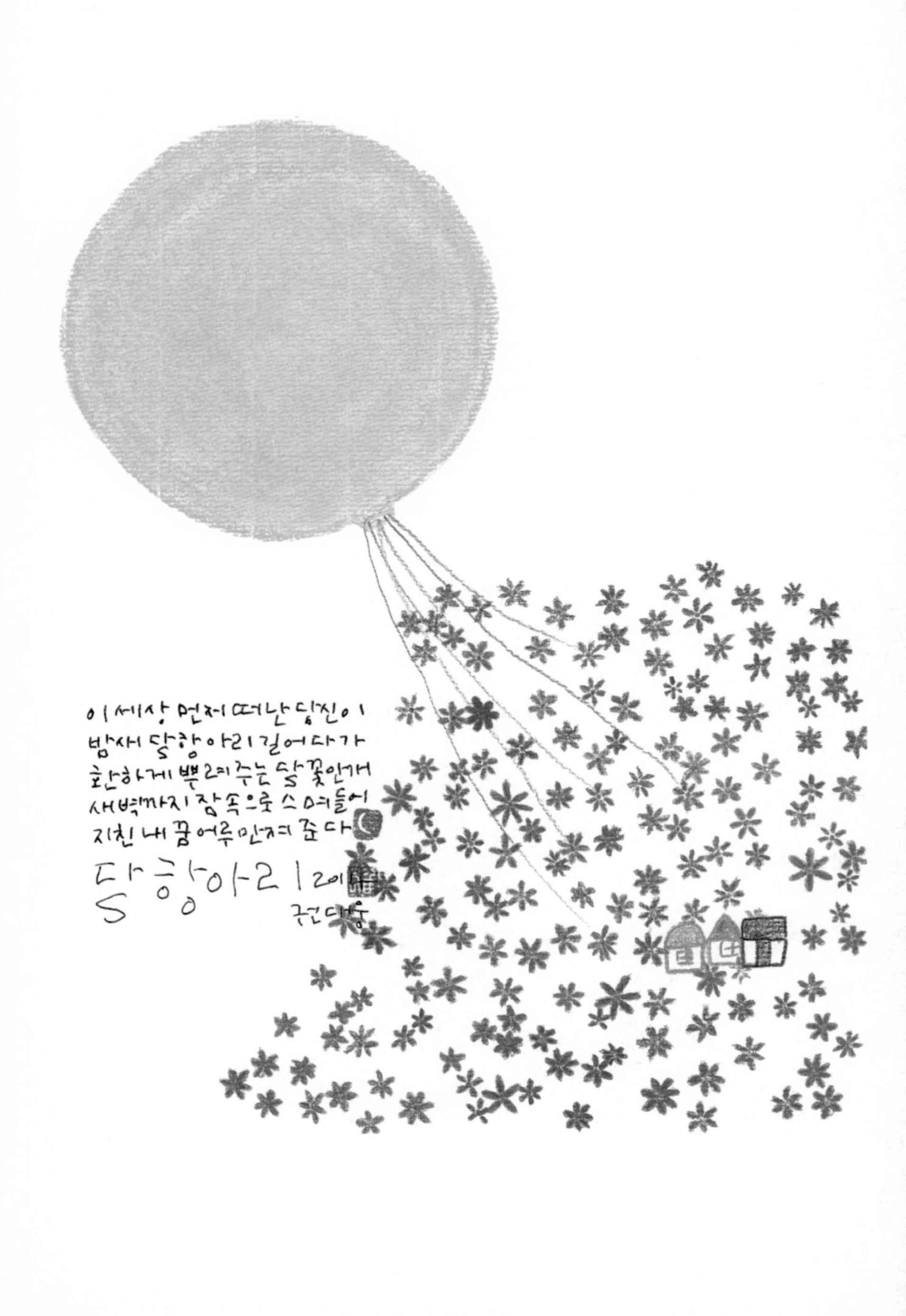

이세상 먼저 떠난 당신이
밤새 달항아리 길어다가
환하게 뿌려주는 달꽃인개
새벽까지 잠속으로 스며들어
지친 내 꿈 어루만져 준다
달항아리 2011
권대웅

달 항아리

⋮

이 세상 먼저 떠난 당신이
밤새 달 항아리 길어다가
환하게 뿌려주는 달 꽃안개
새벽까지 잠 속으로 스며들어
지친 그대 꿈 어루만져 준다

달
항아리

*

지구에 사는 모든 것은 달을 닮아 있다. 가만히 살펴보라. 우선 사람부터 보자면 둥근 이마가 달을 닮았다. 초승달 같은 눈썹, 하현달 같은 미소, 눈동자, 반달 같은 귀, 동글동글한 얼굴이 그렇다. 인간은 달에 가장 많은 영향을 받고 있다. 그렇지 않은 사람들도 있겠지만 우리가 처음 만들어졌을 때 대부분 달이 뜬 밤이었다. 어머니의 둥근 달 속으로 정자가 들어가던 시간. 사랑했고 사랑스러웠던 그 밤. 불이 꺼져 어두워도 어둡지 않았다. 달이 떠 있었다.

세상의 모든 씨앗도 달을 닮았다. 초승달만 한 코스모스 씨앗, 반달만 한 나팔꽃 씨앗, 동그란 분꽃, 채송화, 해바라기, 도토리, 은행, 밤… 달의 모양을 닮지 않은 씨앗은 없다. 씨앗과 마찬가지로 세상에 갓 태어난 모든 알도 둥글다. 수백수천의 달을 낳는 물고기들. 새들이 알을 품는 모습도 둥글고 그 둥지마저 둥글다. 어머니의 둥근 젖은 달빛이다. 그 환한 달의 살결에 얼굴을 묻고 우리는 태어나면서부터 달빛을 영양분으로 흡수했던 것이다.

살아 있는 것은 모두 달의 모양에서 시작한다. 살아 있는 것들은 그래서 은연중에 자신도 알 수 없는 사이 둥근 것들을 표현한다. 사람이 사는 집, 동물이 사는 집, 새가 사는 집, 곤충이 사는 집… 모두 둥글다. 둥글게 짓는다. 심지어 무덤까지 둥글다.

반달만 한 지붕 위에 크고 둥근 박이 열려 있다. 그것이 우리나라와 우리나라 사람들의 근본이 된, 다시 말하자면 사물이나 현상이 처음으로 시작되는 부분인 원초적 달의 집이다.

전기가 없던 옛날 사람들에게 어둠은 무서운 것이 아니었다. 어두워서 달이 더 가까웠고 달을 보며 달의 마음을 배웠다. 그래서 달이 있는 어두운 밤은 친숙함이었다. 그런데 어느 순간 밤마다 전깃불과 네온사인이 켜지고 환해지자 어둠이 무서워지기 시작했다. 달이 보이지 않았고 달을 보지 않게 되면서 그 마음에서 점점 멀어졌다. 달을 닮았고 달의 영향을 받고 있는데 그것을 받아서 쓸 줄 모른다. 쓰는 법을 대부분 잊어버린 것이다.

달을 쓰는 법을 알았던 사람들. 조선시대부터 만들어졌다고 한다.

달 항아리. 그것을 처음 본 것은 2014년 봄 달시화 전시회를 할 때였다. 백자 항아리는 전시장에서 본 적이 있지만 달 항아리라는 이름으로 빚은 것은 처음이었다. 사실 나는 그만큼 미술이나 공예에 문외한이다. 플로리스트 유승재 선생님이 달 항아리를 협찬받아 그 항아리에 벚나무 꽃가지들을 넣어 달 시화전을 꾸며주셨다. 달 시화전을 하는 내내 그 항아리를 바라보았다. 옆에서도 보고 위에서도 보고 한 바퀴 돌아가면서도 보았다. 아, 어쩌면 이렇게 아름답게 빚었을까. 볼 때마다 감탄스러웠다.

그것은 사람이 빚은 것이 아니라 달이 빚은 것 같았다. 그러면서 달 항아리들을 찾아보게 되었고 달시와 함께 달 항아리들도 그렸고, 화가 김환기 선생님이 달 항아리에 매료되어 달 항아리를 그리며 선생의 모든 그림의 근본은 달 항아리에서 왔다는 말씀을 하신 것도 알았다. 김환기 선생님은 당신 예술의 원천이 달 항아리에서 왔다고 했지만, 사실 그것은 달에게 영향을 받은 것이나 다름없다.

가을밤 달을 배경으로 기러기가 날아가는 풍경은 인간이 밤에 본 최초의 산수화였다. 달의 언어와 기러기의 문체가 만나 밤하늘의 문장이 된다. 조선시대 때 만든 달 항아리는 내가 처음 본 달 항아리처럼 그렇게 매끄럽지 않았지만 투박하면서도 우아했다. 엄마의 품 같았다. 몸뻬 바지를 입고 머리에 바구니를 얹고 굵은 허리로 걸어오던 엄마, 절대로 넘어지지 않는 엄마의 든든하고 믿음직

스러운 모습이 보여주는 아름다움.

옛날 사람들은 그렇게 달을 보며 달을 쓸 줄 알았다. 생활용품도, 예술도, 그리움과 한없는 마음마저도…. 달을 잊고 달을 잃어버려도 인간은 본능적으로나 감성적으로나 달을 그리워한다. 그리고 그리운 모든 것은 달에 있다.

달을 활용한 예술가들의 작품을 찾아보고 있다. 예술가가 아니더라도 달을 쓰는 사람들, 그들의 작품도 만나보고 싶다. 음식, 그릇, 옷, 풍경, 나무…. 달은 매일 밤 사람들에게 나를 퍼다 쓰라고 말한다. 그 빛의 소리를 들어라. 달을 베끼고 창조하라. 그렇게 달은 사람들에게 자꾸 쓰여야 한다. 그래야 환해지니까, 마음이 따뜻해지고 착해지니까. 어둠이 무섭지 않아지니까. 달빛처럼 끊임없이 나누어주게 되니까.

텅 비어 있으면서도 가득찬
소리 따르고 따라 붓어도
떨어지지 않고 끝임 없이
나오는 달항아리
달항아리

텅 비어 있으면서도 가득찬 소리
나의 달항아리

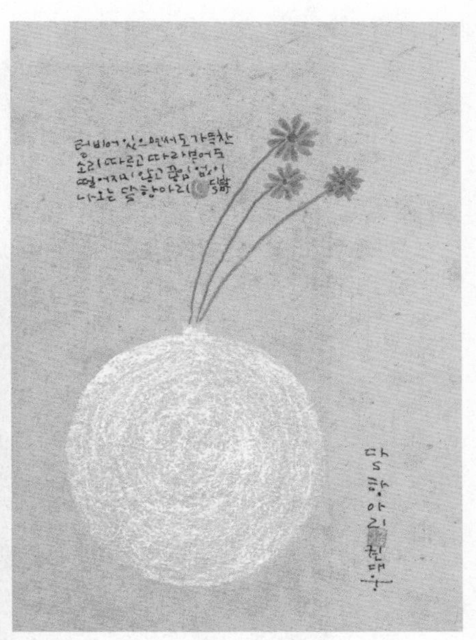

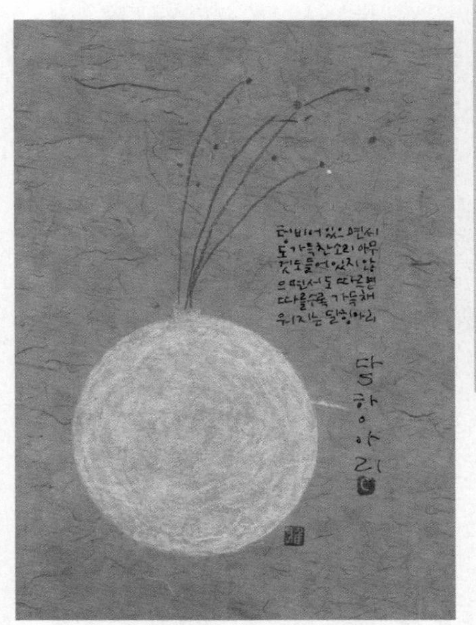

텅 비어 있으면서도 가득찬 소리
따르고 따라 부어도
떨어지지 않고 끊임없이
나오는 달 항아리

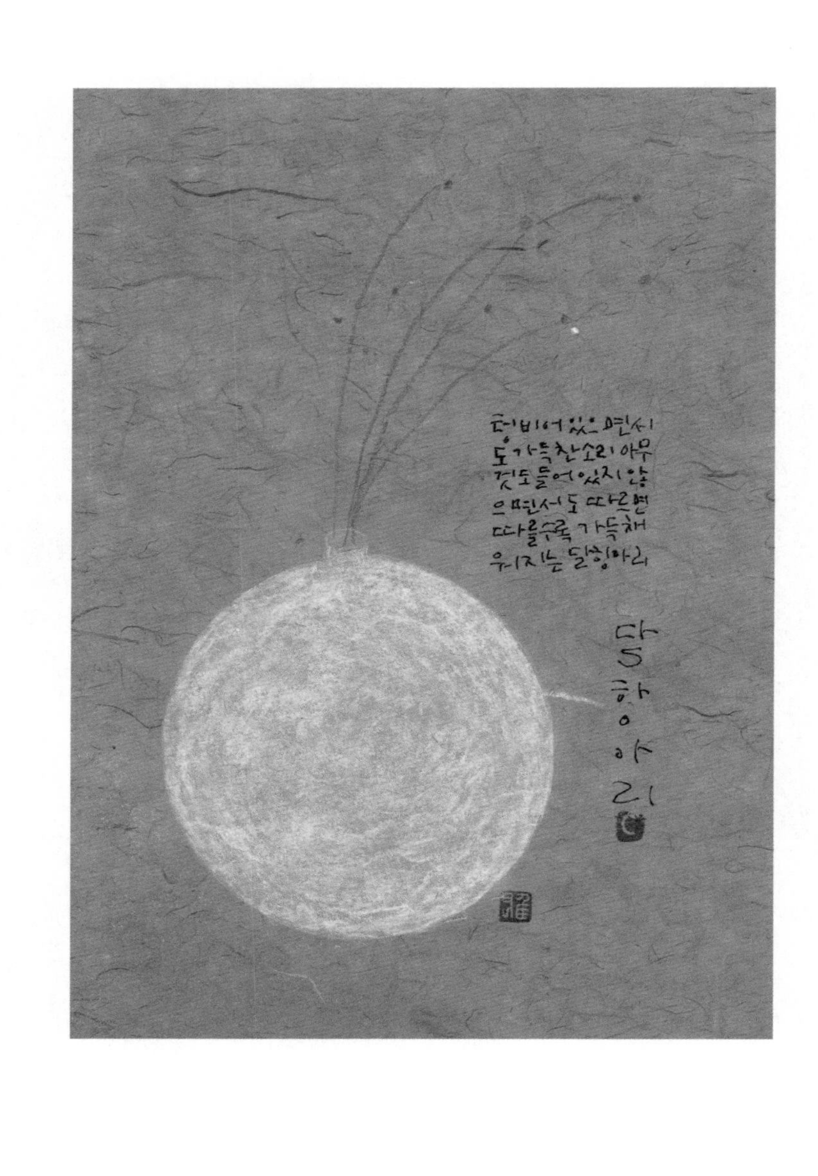
텅비어있으면서
도가득찬소리아무
것도들어있지않
으면서도 따르면
따를수록 가득채
워지는 달항아리
달항아리

텅 비어 있으면서도 가득찬
소리 따르고 따라 부어도
떨어지지 않고 끝이 없이
나오는 달항아리
달항아리 권대웅

어떤 생각으로
첫 걸음을 걷는가

*

짚신벌레에게 물었다.

짚신벌레야, 너는 걸을 때 어느 발을 제일 먼저 땅에 딛니? 대걸레보다 더 많은 발을 가지고 부지런히 걸어가던 짚신벌레가 그 말을 듣고 한참 생각했다. 그리고 더 이상 걷지 못하게 되었다.
수많은 발 중 어느 발이 가장 먼저 바닥에 닿는가를 생각하다가 사고가 멈춰버린 짚신벌레처럼 지금 우리가 사는 현대가 그런 것 같다. 생각 없이 어디론가 마구 걸어가는 수많은 발과 의식이 굳어버린 발. 걷지 못하는 발들과 너무 많은 발이 공존한다. 작가, 정치인, 연예인, 종교인, 택시 운전사, 교수, 학생, 그리고 벗들이시여! 걸을 때 어떤 생각의 발부터 내미는가. 만날 때 어떤 마음의 발을 내미는가. 행복의 발, 여유의 발, 배려의 발, 용서의 발, 나눔의 발, 사랑의 발…. 수많은 발 중에서 어떤 발을 먼저 내밀며 하루를 시작하는가.

분노의 발, 복수의 발, 미움의 발, 질투의 발, 싸움의 발, 광기의 발을 먼저 내밀어 다리 하나를 사이에 두고 서로 싸우고 죽이며 살아온 곳이 있다. 이슬람계 보스니아인들이 30만 명이나 학살된 유고 내전의 중심지 모스타르Mostar.
사진에 보이는 다리를 두고 북쪽으로는 가톨릭교를 믿는 크로아티아이고 남쪽으로는 이슬람교를 믿는 보스니아 헤르체고비나이다. 사진을 찍은 곳은 저 다리를 건너 크로아티아로 들어와 언덕위 이슬람 무슬림의 마을이 보이는 곳이다.
1500년에 지어진 모스타르라는 지명은 '다리 파수꾼들'을 뜻한다. 저 석조 다리에 싸움의 발을 내민 사람들이 치열한 종교전쟁을 했고 무수한 목숨이 스러졌다. 유네스코 세계문화유산으로 등재되면서 1993년에 부서졌던 다리를 얼마 전 다시 복원했다. 다리를 건너다 보니 다리 맨 끝에는 'Don't forget 93'이라는 글자가 새겨진 비석이 있다. 불과 얼마 전까지도 두 종족이 밀고 밀리며 싸우던 모스타르.
평화로워 보이지만 이곳으로 올라오는데 벽마다 온통 총알 자국들이 그대로 있다. 비극과 참극이 있었던 곳은 이상하리만치 평화

모스타르 다리를 다시 건너며 생각했다.

아침에 일어나 문을 열고 세상 밖으로 나갈 때

제일 먼저 땅에 대는 첫걸음을 사랑이라 부르자.

롭다. 현존하는 사람들이 그 일을 잊으려고 치장해서 그런가. 총알이 오가던 전쟁을 잊은 듯 이곳을 평화롭게 지나가는 관광객들과 함께 모스타르 다리를 몇 번이나 오갔다. 다리를 건너가면 가톨릭 마을. 다시 반대로 건너가면 이슬람 마을. 다리를 건너면서 '발'을 생각했다. 이 다리를 건너는 사람들은 어떤 발을 내밀며 걸을까.

어떻게 보면 사람에게는 두 개의 다리와 발만 있는 것이 아니다. 짚신벌레보다 더 많은 발을 가지고 있다. 첫걸음을 어떤 생각, 어떤 마음의 발로 딛느냐에 따라 걸음의 방향이 달라질 거라는 생각이 들었다.

저곳에서 전쟁으로 희생된 사람들을 위하여 3유로짜리 가톨릭 묵주와 2유로짜리 나무 피리와 무슬림 모자를 샀다. 모스타르 다리를 다시 건너며 생각했다. 아침에 일어나 문을 열고 세상 밖으로 나갈 때 제일 먼저 땅에 대는 첫걸음을 사랑이라 부르자. 그다음 걸음을 여유라고 부르자. 사랑과 여유 그 두 발로 걷기.

국수말아줄게 외로운날과 그리운것들은 모두 달에
들어 있다 굴뚝뒤에 숨던 숨바꼭질 어둑어둑해지는
골목길에 밥먹으라고 부르는 목소리 고드름 달린 처마
밑 당신의 방에 불이 꺼질때까지 기다리던 첫
사랑 힘겨운날에 들러 노릇노릇 초승달같은 꽁치도
구워줄게 아름다운 사연이 많은 나그네새를 소개해
줄게 자정너머 은하수를 건너가는 새들도 보여줄게
Dream 2014 휜대후 달詩 달포장마차

달 포장마차 1

⋮

국수 말아줄게
외로운 날 와
그리운 것들은 모두
달에 들어 있다
굴뚝 뒤에 숨던 숨바꼭질
어둑어둑해지는 골목길에
밥 먹으라고 부르는 목소리
고드름 달린 처마 밑
당신의 방에 불이 꺼질 때까지
기다리던 첫사랑
힘겨운 날에 들러
노릇노릇 초승달 같은
꽁치도 구워줄게
아름다운 사연이 많은
나그네별 소개해줄게
자정 너머 은하수를 건너가는
새들도 보여줄게

오뎅! 두꼬치에 소주반병 꼼상에 도시키고
싶은데 딱 반병 더 마시고 싶은데 잔돈남
겨 집에 가서 아들 주고 싶던 아버지가 홀짝
홀짝 마시던 소주 한잔 한잔 맛있기도 하여
라 아깝기도 하여라 모자라서 더 맛있
었던 포장마차 고단함 풀고 얼굴 따듯해져
달동네로 올라가는 아버지 머리 위로 환한 달
이 떴다 달흥추 2015 권대웅

달 포장마차 2

⋮

오뎅 두 꼬치에
소주 반병
꼼장어도 시키고 싶은데
딱 반병 더 마시고 싶은데
잔돈 남겨 집에 가서
아들 주고 싶던 아버지가
홀짝홀짝 마시던 소주 한 잔, 한 잔
맛있기도 하여라
아깝기도 하여라
모자라서 더 맛있었던 포장마차
고단함 풀고 얼굴 따뜻해져
달동네로 올라가는 아버지 머리 위로
환한 달이 떴다

달
포장마차

*

사 일이라는 짧은 기간 단식을 하면서 생각나던 음식이 있었다. 우동이었다. 그것도 면발이 쫄깃쫄깃한 고급 우동 말고 포장마차에서 삶아놓았다가 주문하면 오뎅 국물에 담가 오뎅 몇 개 넣어주는, 그 불어터진 포장마차 우동이 노란 단무지와 함께 그렇게 먹고 싶었다. 이상하지. 사람들은 군대를 가거나 어디론가 멀리 떠나 있으면 먹고 싶은 것이 왜 라면이나 자장면일까.

아마 무엇을 먹어도 배고픈 한참 먹을 나이에 그 음식을 즐기고 맛있게 먹었기 때문일 것이다. 우동, 국수, 라면, 자장면, 칼국수… 같은 음식에는 따뜻함이 들어 있다. 어떤 음식에 따뜻함이 없겠냐마는 진수성찬이 아니더라도 한 그릇이 주는 배부름 때문일 것이다. 비싸지 않으면서도 반찬이 필요 없는 따뜻한 한 그릇은 바쁜 일을 하는 사람들과 서민들에게, 그리고 가난한 사람들에게 위로였다. 학창 시절 대부분 돈이 없던 그 나이에 우리가 싸게 먹을 수 있었던 음식이 바로 그것들이다. 그래서 그 음식에 추억이 담겼고 그 음식이 그리워지는 것은 아닐까.

정독 도서관에서 아직도 내가 먹던 우동을 파는가 모르겠다. 안 가본 지 이십여 년이 되었으니 지금은 정독 도서관에서 파는 우동이 얼마인지 모르겠다. 참 쌌다. 300원짜리 우동, 멸치 국물로만 담백하게 국물을 내어 파 몇 점 얹어놓은 다 불은 우동, 그것을 맛있게 먹었다.

정독 도서관은 당시 방도, 갈 곳도 없던 나의 놀이터였다. 그곳에서 책을 읽고 매월 새로 비치되는 문예지들을 읽고 신문을 읽고 글을 썼다. 점심으로 매일매일 우동을 사 먹었다. 후루룩 몇 젓가락 먹으면 금세 없어졌지만 그래도 국물이 듬뿍 들어 있던 매점의 우동이 내 위장 어딘가에 웅크리고 있다가 배고프니까 생각났나 보다.

포장마차도 즐겨 찾던 주점이었다. 먹고 마시는 일에도 때로 삶은 생활이기보다 생존인 것이 많아서 전투 비상식량처럼 밖에서 먹는 일도 많았다. 햇빛이나 비바람을 막기 위해 포장을 친 마차가 포장마차의 유래이다. 그 마차가 달려가지 않고 골목이나 길거리에 전등을 환하게 켜고 멈춰 서서 지나가는 사람들을 부른다.

지금은 많이 비싸졌지만 300원짜리 우동을 사 먹을 때는 포장마차에서 파는 안주도 술도 저렴했다. 그리고 혼자서 먹기에 아주 좋은 거리 주점이었다. 겨울에는 추웠지만 따뜻한 우동과 소주가 뱃속으로 들어가는데 그것이 무슨 대수이랴. 골목이나 다리 위 혹은 길거리에 포장마차가 있는 것을 보면 그것도 국수처럼 따뜻해 보인다. 지금도 포장마차에 들어가면 항상 먼저 시키는 것이 우동 혹은 국수이다.

산동네 집으로 들어가는 컴컴한 길목 포장마차에서 취기에 부푼 전등 불빛 아래 혼자 술을 마시다 보면, 오뎅 국물에서 올라오는 훈훈한 김 속에서 둥근 달에 앉아 있는 것 같은 착각이 들 때가 있다. 그런 생각을 했었다. 어린 왕자가 소혹성 B612호에 살면서 자신만의 장미도 키우고 이 별 저 별을 방문하는 것처럼, 나도 달에 포장마차를 차려 외롭고 아프고 힘들고 슬픈 지구 사람들을 불러 우동 한 그릇 말아주고 싶었다.

국수 한 그릇으로도 잔치를 벌일 수 있다는 그 따뜻한 한 그릇의 힘을 나누어주고 싶었다. 나의 달 포장마차에 들르는 집시별의 기타 연주와 노래도 들려주고 싶었다. 꿈을 잃은 사람들에게 달 포장마차 위로 흘러가는 은하수를 건너가는 법도 알려주고 싶었다. 삶은 착해서 가난한 사람들이 환하고 따뜻해진다는, 어른을 위한 동화를 들려주고 싶다.

이 세상에 와서 우리가 깨우치고 가는 말

*

이 세상에서 제일 좋은 말들이 사람들에게는 어느덧 식상해져 버린 것 같다. 왜냐하면 너무 자주 쓰기 때문이다. 좋은 말이라서 좋으라고 자주 쓰는 것인데도 그 말을 듣는 사람들은 겉치레의 빈말이라 생각하고 때로 그 말을 하는 사람들도 마음 없이 내뱉는다.

아는 분이 딸아이의 졸업식에 갔다. 이 학교, 이 순간이 마지막인 아이들에게 교장선생님은 자신이 들려주고 싶은 말을 열심히 이야기하고 있었다. 그런데 정작 아이들은 늘 듣던 말인 양 빨리 끝났으면 하는 기색뿐이더란다.

교장선생님의 말인즉슨 '이다음에 훌륭한 사람이 되어야 한다. 무엇보다도 부모님께 효도하고, 공부도 열심히 해서 좋은 데 취직해서 잘살아야 한다. 남들에게 피해 입히는 일 절대로 하지 말고 건강해야 한다….'

아이들에게는 그 말이 들리지 않는데 딸아이의 엄마는 훌쩍훌쩍 울고 말았다. 얼마 전 암으로 여읜 어머니에게 충분히 효도하지 못했다는 자책이 들었고, 젊은 날 열심히 공부해서 좋은 직장에 들어갔어야 했는데 그러지 못해 방황했던 기억도 떠올랐으며, 남편이 사기당해 잃은 돈까지 생각났다. 교장선생님의 그 식상한 말이 모두 아이의 엄마에게 해주는 이야기로 들렸던 것이다. 함께 참석한 다른 어머니들도 그렇게 느끼는 듯 교장선생님의 말에 귀를 기울였다.

딸아이의 손을 붙잡고 돌아오는 길에 엄마는 아이에게 물었다.

"교장선생님 말씀 잘 들었어?"

"응. 공부 잘하고 효도하고 건강하고 다른 사람에게 피해 주지 말라고."

엄마는 딸아이가 교장선생님의 말을 알아들은 것이 흐뭇했다. 그런데 아이가 또 이렇게 말했단다.

"맨날 듣던 말 식상해!"

아이에게는 그 말이 의미로 다가오지 않았다. 그냥 늘 듣던 말로 아무 생각 없이 들었던 것이다. 그게 얼마나 좋은 말인데, 새기고 또 새겨야 할 말인데, 인생을 살아가면서 우리가 깨달아야 할 말은 바로 그 말뿐인데.

'지금은 알지 못하는 거란다, 애야.'

엄마는 속으로 그렇게 읊조렸단다.

'행복해!'라는 말.

'건강해!'라는 말.

'잘 살아야 해!'라는 말.

어쩌면 우리는 세상을 살면서 이 말을 배우고 실천하고 깨우치다가는 것이 전부인지도 모른다.

스무 살 적, 강원도 어느 리조트 앞을 지나가다가 입구에 세워놓은 바위에 커다랗게 쓰여 있는 글자를 보고 문학을 하던 친구들과 비웃은 적이 있다.

'꿈', '낭만', '사랑'.

시를 쓰던 우리가 보기에 그 말이 식상하고 우스웠던 것이다.

"시집 제목을 저걸로 해! 꿈 낭만 사랑."

한 친구가 농담 식으로 이야기했다.

꿈, 낭만, 사랑.

거기서부터 우리는 지금 얼마나 멀리 왔는가. 꿈은 이루었는가. 가슴에 아직 꿈은 남아 있는가. 글을 쓰는 사람답게 낭만적으로 살아왔는가, 살고 있는가. 이 생을 진정 사랑했는가. 지금은 각자의 삶에 바빠 서로 못 만나지만 그때 꿈, 낭만, 사랑이라는 말을 보고 웃던 한 친구는 초등학교 때부터 사귀어왔던 오랜 사랑과 이혼을 하고 술집을 차려 하루도 거기서 벗어날 수 없는 삶을 살고, 또 한 친구는 건강이 많이 상했는데도 박봉으로 아이들 먹여 살리느라 정신이 없다.

"행복해!"

식상하다고 생각하는 이 한마디가 담고 있는 커다란 의미. 살면서 이 한마디 제대로 깨우칠 수 있을까.

"건강해!"

"잘 지내!"

이런 말을 들을 때마다 나는 허투루 듣지 않는다. 그 말이 내게 온전히 와서 내 안에서 건강한 울림이 되고 잘 지내게 해주는 에너지로 증폭되도록 되뇐다. 그러면 건강하고 행복하게 잘 사는 방법이 어떤 것인가를 알게 되고 어느 순간이더라도, 무의식적으로도 무심히 지나치지 않고 인식했던 그 말 쪽으로 나의 삶이 흘러가게 된다.

단순한 말이 좋다. 식상한 말이 가장 의미 깊다. 좋아서 좋으라고 자꾸 쓰는 말을 인사치레로만 듣지 말고 가슴으로 듣자. 행복해! 잘 살아! 건강해! 자주 그렇게 말해주자. 그 사람에게 진심으로 꽃 같은 환한 미소를 지으며, 눈으로 그윽이 바라봐주며.

꿈, 낭만, 사랑. 거기서부터 우리는 지금 얼마나 멀리 왔는가.

꿈은 이루었는가. 가슴에 아직 꿈은 남아 있는가.

글을 쓰는 사람답게 낭만적으로 살아왔는가, 살고 있는가.

이 생을 진정 사랑했는가.

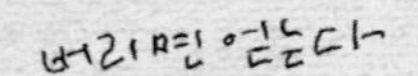

썰물이 나갔다가 다시 밀물로 들어온
그 자리 꼭 그만큼 빠져나갔다가 들
어온다 늘 없다는 생각이 드는 것은 썰물
의 빈자리만 보기 때문. 수천 년 수만
년 반복되어 온 있다가 없다가 슬
펐다가 기뻤다가 없었다가 다
시 생겨났다가. 꼭 그만큼. 우주의
비밀 우주의 삼투압 버리면 얻는다
주면 돌아온다 2015 달詩 권대웅

버리면 얻는다

⋮

썰물이 나갔다가
다시 밀물로 들어온 그 자리
꼭 고만큼
빠져나갔다가 들어온다
늘 없다는 생각이 드는 것은
썰물의 빈 자리만 보기 때문
수천 년 수만 년 반복되어 온
있다가 없다가
슬펐다가 기뻤다가
없었다가 다시 생겨났다가
꼭 고만큼
무소유의 비밀
우주의 삼투압
버리면 얻는다
주면 돌아온다

우주 은행
달 지점장

*

밀물과 썰물은 달과 태양의 인력에 의해 바닷물이 밀려왔다 밀려가는 현상이다. 그중 지구와 훨씬 가까운 달의 영향이 더 크다. 물이 오고 가는 시간이 조금씩 다르지만 평균적으로 각각 주기가 12시간 25분인 두 개의 커다란 파장. 밀고 끌어당기고, 밀고 끌어당기기를 수십억 년 동안 바다는 반복해 왔다.

바다에 가면 오랫동안 밀물과 썰물을 바라본다. 그리고 거기서 나만의 어떤 깨달음을 얻고 배운다. 사는 것도 바다의 밀물, 썰물과 똑같다는 것이다. 들어올 때가 있으면 나갈 때가 있고, 슬플 때가 있다가도 기쁠 때가 있고, 없다가 생기기도 하고, 인생에서 오르막길이 있으면 내리막길이 있는 것처럼 말이다. 그 있고 없음, 오고 감의 차이가 약간은 다르지만 개펄이나 모래 위를 왔다 가는 바닷물이 일정하듯이 우리 삶도 똑같다.
달은 바다에게만 그런 현상을 미치는 것이 아니다. 오고 가고 있고 없음의 커다란 두 파장은 지구에 사는 모든 것에게 그 영향을 두루두루 미친다. 하루에 한 번 바닷물이 가득 밀려왔다가 다시 텅 비어 돌아가는 것처럼. 인간도 분명히 그 달의 인력에 영향받고 있는 것이다.

우리 집 가훈은 '몽땅 다 쓰고 죽자!'이다. 내가 만들었다. 그 가훈의 정신을 받들어 우리 집은 저금을 하지 않는다. 나는 저금하지 않는다고 말하지만 내 아내는 저금할 돈이 없다고 말하기도 한다. 맞는 말이기는 하다. 돈이 왕창 들어온 적이 없고, 그러니 비축할 만한 상황도 맞지 못했다. 무엇보다도 돈이라는 것은 조금 들어와서 저금이라도 해놓으면 금세 나갈 일이 생긴다.
아무튼 일단 돈이 들어와도 우리에게는 저금이란 없다. 미래에 투자하지 말고 지금에 투자하자, 주의다. 『아무것도 못 버리는 사람』의 저자 캐런 킹스턴은 말했다.
"돈의 기능은 소유에 있지 않다. 그것은 쓰임에 있다. 돈을 써야 하는 주목적은 경험을 사기 위함이다. 우리가 이 세상에 여행 와서 살다가 생의 종착역에 이르렀을 때 은행 통장에 한 푼의 잔고도 남아 있지 않다면, 우리는 뒤를 돌아보며 이렇게 말할 수 있을 것이다. 감사합니다. 제게 이렇게 많은 경험을 주셨음을!”

킹스턴의 말처럼 소유한 것은 언제나 재활용돼야 한다. 그렇지 않으면 아무리 움켜쥐고 있어도 언젠가는 썰물처럼 쭈욱 빠져나가기 마련이다. 돈의 벌고 쓰임, 들고 나감이 밀물과 썰물의 법칙과 같다는 것을 알면서 나는 주거래 은행을 바꾸었다. ‘우주 은행’. 그곳에서 빼다 쓰는 것이다. 우주 은행의 달 지점장에게 나는 주요한 고객이다.

그런데 참으로 신기한 것은 그렇게 은행을 바꾼 후부터, 밀물과 썰물의 법칙을 깨달은 후부터 돈을 다 써버리면 자연스럽게 돈벌이할 일들이 들어와 우주 은행 달 지점장이 내 우주 은행 통장에 돈을 밀어 넣어준다는 것이다. 어떤 때는 돈이 없어 말일이면 쩔쩔매고 힘들었지만, 돌아보면 항상 바닷물이 밀려오고 밀려 나간 그 자리였다.

반칙하지 않고 허튼짓하지 않고 열심히 그리고 착하게 사는 사람들에게 그 법칙은 정확하게 적용된다. 그러니 써라! 소비를 부추기는 말이 아니다. 쓰되 지금 나의 경험을 위해서 현재에 투자하라. 가까운 벗들에게 밥도 사고 술도 사고 때로 선물도 하라. 분명 다시 돌아온다. 가난해도 자꾸 주고 써 버릇하는 사람은 결국 쓰고 주는 자의 위치에 서게 되고, 얻어먹고 받기만 하는 것을 좋아하는 사람은 나중에 거지의 자리에 서게 된다.

사교성도 좋고 재치가 많고 감각이 뛰어난 분이 있었다. 그래서 그런지 회사에서 능력을 인정받아 또래 동료들에 비해 승진이 빨랐고 회사에서 집까지 사주었다. 이분 친구 중에 당시 포장마차를 하는 분이 있었는데 하루는 그가 그 포장마차에서 술을 먹자고 지인들을 불렀다. 포장마차가 꽉 차도록 모였고 그날 우리는 그곳의 술과 음식을 모두 먹어치웠다. 나는 '저분이 그래도 친구 포장마차 한다고 사람들을 모아 한턱 쓰며 팔아주는구나! 역시 저래서 잘나가는구나!' 생각했었다.

그런데 아니었다. 술자리를 파하고 나가는데 그날 먹은 것을 외상하는 것이었다. 아무리 많이 먹었다 해도 그분의 능력으로 계산 못할 정도는 아니었다. 나도 알고 있던 그 포장마차 주인은 하루 벌어 하루 먹고사는 분이었다. 오늘 팔아 내일 안주를 마련해야 하는데 외상을 해버리면 내일 시장에 가서 식재료를 사 올 돈이 없는 것이다. 그때 포장마차 주인의 표정을 나는 잊을 수가 없다. 여태껏 생생하게 기억나는 것은 내게 그 일이 충격이었기 때문이다.

항상 그랬다. 그분은 만날 때마다 돈을 쓰는 것에 대해서는 너무 박했다. 더러 밥을 살 때가 있긴 했지만 회사 카드를 썼다. 항상 그보다 더 없고 가난한 후배와 동료들이 내야 했다. 본인은 근검절약이라고 했지만 써야 할 사람들에게 쓰지 않는 것은 아무리 부자라도 거지이고 가난뱅이다. 부인이 가계를 모두 관리한다고 심지어는 지갑도 가지고 다니지 않았다. 모임을 끝내고 집으로 돌아갈 때면 차비까지 빌렸다. 아무리 재치가 넘치고 언변이 뛰어나고 재미가 있어 사교성이 좋더라도 사람들은 그런 그에게서 점점 멀어졌다.

잘나가던 회사가 망했다. 그래서 회사에서 주었던 집도 다시 반납하고 사업을 시작했는데 잘 안됐다. 전전긍긍하던 이분, 정말 거지의 삶을 살고 있다.

살아오면서 그런 분들을 참 많이 보았다. 열심히 살면서 많이 모았는데 이제 살 만하고 쓸 만하니까 갑자기 병이 와서 쓰러진 사람들, 나중에, 다음에, 미루다가 결국 못 하는 사람들, 부자여도 거지인 사람들, 가난해도 부자인 사람들….

양말을 벗고 무릎까지 바지를 걷고 바다로 나가 모래 위에 선다. 파도가 철썩 밀려온다. 발목까지 적신다. 아, 물이 내게로 들어왔구나! 그러다가 다시 모래에 새겨진 것들을 지우고 바닷물은 내 발목과 발가락 사이로 빠져나간다. 달이 들려주는 밀물과 썰물의 법칙을 바닷가에서 듣고 바라본다. 그렇게 들어오고 나가는 것. 우리가 이 생에 왔다가 결국은 빈손으로 가는 것처럼.

숭고하고 반짝여서 아픈,
그래서 아름다운

*

비가 내리기 바로 전 후드득 습기 찬 바람이 목덜미를 스칠 때, 온몸과 마음으로 견디던 겨울이 다 지나가고 어떤 햇살 하나가 내 눈꺼풀을 슬쩍 스치고 떨어질 때, 문득문득 그 아프고 따가웠던 환희의 순간들이, 그 냄새와 공간들이 떠올랐다가 사라지곤 한다. 그럴 때마다 과거는 이미 지나간 것이 아니라 공기 속에, 바람 속에, 햇살 속에 남아 현존하고 있다고 생각한다.

어떤 에너지처럼 혹은 메시지처럼 이따금 되살아나 어깨를 툭 치는 과거들, 그때마다 선뜻선뜻 잊으며 지금을 더 사랑해야겠다는 생각이 드는 것은 과거가 건네는 연민 때문이 아닐까. 때론 그 힘으로 주먹을 불끈 쥐고 용기 내기도 하고 눈부시기도 하고 두근거리기도 하고 살아가는 이유가 되기도 한다. 누구나 공복에 피우는 담배 맛처럼 알싸한 삶과 사랑의 기억을 가지고 있을 것이다. 비릿하고 치기 어리고 가난했던 청춘의 시절 말이다.
쏟아지는 소나기를 보고 있으면 젊은 군인들이 바지를 걷고 맨발로 축구를 하며 우와 뛰어다니는 것 같다. 그렇게 혈기 왕성하여 미친 날처럼 뛰어다니던 청춘이 지나가고, 강물이 바다로 떠나가는 슬픔이 지나가고, 소나기처럼 흠뻑 아팠던 사랑도 지나간다.
그러다가 아무 일 없었다는 듯 화들짝 파랗게 개인 하늘의 뭉게구름을 바라보면 목이 멘다. 적막하고 고독하고 낯설다. 우리도 그저 이 여름날을 지나가는 이방인인 것 같은, 저 구름 속 소나기 너머의 세월들.

삶이란 비가 그친 후 거미줄에 매달려 있는 물방울처럼 영롱하면서도 눈부시게 아프고 아름다운 순간이라는 생각이 들 때가 있다. 먹고살아야 하는 그 끈끈함에 사지가 매달려 있지만 이 삶은 너무 숭고하고 반짝이며 아름답다. 그래서 아프다.

피카소의 달

*

달빛. 그 속에는 분명 카페인 같은 성분이 들어 있다. 중추신경계, 심장, 혈관, 신장을 자극하는 효과를 지닌 카페인. 강렬하게 내리쬐는 여름밤 달빛 속에는 그보다 더한 성분이 들어 있음이 틀림없다.
달빛에 눈이 부실 때, 때로 눈물이 날 때 문득문득 이 세상 전에 내가 어디선가 겪었던 기쁜 일, 슬픈 일, 행복한 일들이 생각날 것만 같다. 어쩌면 달빛은 전생의 중추신경계도 건드리는 성분을 가지고 있는지 모른다.
햇빛만이 식물과 나무들을 자라게 하는 것이 아니다. 밤의 달빛이 그들에게 있어야만 더욱 푸르게 성장한다. 달빛은 사람들이 잠든

PICASSO

밤 단백질을 성장시킨다. 머리카락을 자라게 하고 피부를 매끄럽게 하며 우리의 심장과 정신을 쉬게 한다. 휴식은 성장이다. 수면제를 가득 안고 내려오는 달빛은 우리를 잠들게 하여 새로 시작할 수 있는 에너지를 준다. 사람들은 물론 새들, 동물들에게도.
달빛은 향기와 함께 어쩌면 우리 삶과 존재의 비밀을 쥐고 있는 열쇠가 아닐까. 기억과 추억의 열쇠, 늑골 깊숙이 까마득하게 잊었던 상처까지도 꺼내주는 열쇠, 저 너머 탄생과 죽음의 세계도 연결해 열어줄 수 있는 열쇠가 바로 달빛이 아닐까.

스페인 말라가의 밤. 왠지 시가를 피워야 어울릴 것 같은 그 해변으로 내려오는 달빛 때문에 잠시 몽환에 빠졌다. 지중해를 마주하고 있는 스페인 남부의 항구 도시 말라가는 사실 볼 것이 없다. 박물관이나 유적지가 있는 곳도 아니다. 외적을 막기 위해 지었다는 성벽 알카사바도 내게는 별 감흥이 없었다. 더욱이 여름이면 휴가를 즐기는 영국인과 독일인들이 몰려와 새벽까지 시끌벅적한 도시이다. 말라가가 나에게 매력적으로 다가왔던 것은 어느 책에서 읽었던, 피카소가 말년에 말했다는 다음과 같은 구절 때문이다.
"내 작품의 모든 뿌리는 어린 시절 뛰어놀던 말라가 앞바다이다."
피카소는 말라가에서 태어나 열 살까지 이곳에서 지냈다. 도토리 씨앗 속에 거대한 상수리나무라는 미래가 들어 있듯이 열 살까지 이곳에서 자랐다면 그는 이미 모든 의식과 생각과 사고의 자양분을 말라가에서 흡수하고 형성했을 것이다. 누구나의 마음속에 첫 사랑의 동화보다 더 아름답게 남아 있는 것이 바로 어린 시절이다. 삶이라는 야생의 들판에 나와 부딪치며 시작해야 하는 어떤 시절과 다르게 순수하고 천진난만하고 신비하고 꿈꾸며 가족의 울타리 안에서 행복했던 시절, 그 시절이 한 사람의 삶을 모두 바꾸어놓을 수 있다. 갠지스 강의 발원지를 찾아가는 여행자처럼 그렇게 나는 피카소의 발원지를 찾아보고 싶었다.

1881년에 태어나 1973년까지 92세의 장수를 누리는 동안 4만 5천 점을 그리고 정식으로는 세 번 결혼하여 네 자녀를 두었지만 수많은 연인과 사랑한 그의 열정과 에너지는 어디서 나온 것일까.
달빛. 말라가 해변에서 아무것도 하지 않고 며칠 동안 빈둥거리다가 나는 피카소의 원동력이 바로 말라가의 달빛이라는 것을 알았다. 말라가의 달빛은 살이 포동포동 찌고 윤기가 자르르 흐르는 야생마의 허벅지 근육 같다. 때로 바람에 섞여 살갗에 닿는 달빛은 잘 말려서 뽀송뽀송 휘날리는 말갈기 같다.
밤에도 그 달빛을 먹고 자란 곡식과 열매들이 빛깔 선명하고 달듯이 그 곡식과 열매들을 먹고 성장한 영혼은 빛나고 풍성할 것 같았다. 피카소의 열린 영혼은 분명 그 달의 기운을 받았으리라.
바르셀로나에 있는 저택 다섯 채를 구입해서 개조한 피카소 미술관과 달리, 피카소 기념관으로 운영되는 말라가의 이층 생가는 작고 어둡고 볼 것이 없었다. 피카소가 어린 시절 입던 옷, 그의 그림 몇 점, 그 집에서 쓰던 가구, 미술 교사인 아버지가 그렸던 그림 등이 전시되어 있었다.

그러나 피카소가 태어난 집 앞 거리는 삭발을 한 피카소의 머리처럼 빛나고 활기찼다. 길거리에 늘어선 야외 바에서 달빛을 받으며 맥주를 마시는 사람들. 바다가 보이고 달이 보이는 테이블에 앉아 맥주를 시켰다. 어두운 밤, 낯선 도시의 달빛 아래 술을 마셔 본 사람들은 알리라. 조그맣고 형광등 불빛이 내리쬐는 술집에서 빽빽하게 들어앉아 2차를 위한 술자리인 양 투덜거리며 허겁지겁 마시는 술과 달리, 낯선 도시 해변에 선명하게 떨어지는 달빛과 바닷바람을 맞으며 술을 마시다 보면 밤이 얼마나 아름답고 눈부신가를. 이마까지 올라온 취기와 달빛이 서로 맞닿는 정점에서 문득문득 깨닫게 되는 삶의 정체성과 지난날들의 후회와 연민이 자신을 얼마만큼 성장시키는지.

적당한 취기와 함께 나는 말라가 해변으로 돌아와 파라솔 아래 누웠다. 말라가 해변의 파라솔은 짚으로 만들어져 있다. 비닐이 아닌 짚으로 만든 파라솔은 말라가의 달빛과 너무나 잘 어울렸다. 둘은 서로 어우러져 흡수되고 말려지고 통풍이 되어 시원한, 아니 추운 밤의 그늘을 만들었다.

처음에는 해변에 늘어선 파라솔들을 보고 참 낯설고 어색했었다. 필리핀도 아니고 한국의 원두막도 아닌데 스페인에 짚으로 만든 파라솔이라니. 그런데 달빛과 짚이 잘 어울린다는 것을 파라솔 아래 누워서 알았다. 짚으로 만든 파라솔 위에 둥근 박이 얹혀 있듯이 피카소의 머리처럼 빛나고 환한 달이 떴다.
낯선 곳에서 조금 긴장하고 마신 술이 취기로 올라오는 것일까. 아니면 밤에도 하늘이 검푸르러 보여 어지러워서 그런가. 머리가 빙빙 돌았다. 말라가 해변에 나는 그만 속을 모두 드러내 보이고 말았다. 이사를 가려고 방 안에 있던 가구와 물건들을 밖으로 내놨을 때 달빛에 드러난 초라함과 남루함처럼, 내 위장과 내장과 목구멍과 혈관 구석구석 숨어 있던 아집과 이기심과 자만 같은 것들이 모두 쏟아져 나와 달빛 아래 그만 들켜버린 것만 같았다.
그런데 기분이 좋았다. 속을 모두 비워냈을 때의 상쾌함처럼 어느새 달빛에 드러난 어두운 내 속의 더러운 고집 같은 것들이, 어설픈 관념 같은 것들이 살균되고 말라비틀어지는 것 같아 머리가 명징했다.

피카소는 72세 되던 해에 커다랗고 짙은 눈망울을 지닌 지중해풍 여인 자클린 로크를 만난다. 그리고 80세에 그녀와 비밀 결혼식을 올린다. 삼십 대의 젊은 여인이 어떻게 80세 노인과 결혼할 수 있냐고 사람들이 그녀에게 물었다. 그녀는 이렇게 대답했다.
"나는 이 세상에서 가장 아름다운 청년과 결혼했어요. 오히려 늙은 사람은 나였지요."

피카소가 죽고 나서 그녀도 그를 따라 생을 마감했다. 바르셀로나에 있는 피카소 미술관에서 마흔 살이나 젊은, 피카소의 연인 자클린을 사진으로 보았을 때 나는 그녀가 여자인데도 예쁘다기보다 참 잘생겼다는 생각이 들었다. 황금 연못과도 같은 커다란 눈, 코, 넓은 이마, 그것이 바로 지중해풍 여인인 것이다.

막연히 지중해를 동경한 적이 있었다. 니코스 카잔차키스의 책들을 읽고 나서부터였다. 지중해의 달빛, 지중해풍 여인, 지중해 음식, 지중해 바람과 바다. 인간과 가장 알맞은 기후가 바로 지중해성 기후라는 것을 이곳 말라가에서 피부의 온 감각으로 느끼며 알았다. 인간의 영혼을 살찌우고 건강하게 하고 풍성한 에너지를 주는 기후, 축복받은 땅이었다.

늦은 밤 달빛에 비친 지중해 바다는 때로 푸른 커튼이 쳐진 테라스에 언뜻 비치는 농익은 여인의 살결 같다. 지중해 바람에 푸른 커튼이 펄럭일 때마다 보이는 바다의 속살은 아름답다 못해 신비롭다. 그 여인의 바다와 바람과 통통한 살 속의 근육질 같은 달빛이 한데 어우러진, 저 풍성한 영양분들을 피카소의 열린 영혼은 흠뻑 흡수했으리라.

피카소의 고향 말라가 해변에 와서 나는 느꼈다.

여행을 하면서 악착같이 무엇인가를 보려고 노력하지 마라. 찾으려고 하지 마라. 모든 것이 드러난 낮과 달리 어둠이 고요하게 내려앉은 밤을 보라. 그곳의 밤과 달빛과 바람만으로 너무나 다른 것이 많다는 것을 그 자리에 오래 머물며 느껴라. 바람이 만들어놓은 그곳의 지붕과 창문들, 바람이 지나가는 골목마다 풍겨오는 저녁 내음, 달빛이 만들어놓은 나무의 커다란 그림자와 시원한 그늘들. 그 냄새를 느껴라.

말라가의 달빛에는 카페인보다 더 강한 어떤 성분이 분명히 있다. '내 모든 작품의 뿌리가 말라가의 앞바다에 있다'는 피카소의 말을 나는 그가 뛰어놀던 앞바다에서 달빛을 쬐며 이해했다.
달빛도 어디로 내려오느냐에 따라 다르다. 지중해성 기후로 늘 화창한 말라가는 달빛이 강하다. 습하지 않고 건조하다. 당신이 잠든 사이 눈과 코와 입을 잘생기게 만들어주는 달빛. 지중해풍 인상을 조각해 주는 달빛. 무엇보다 영혼을 자유롭게 해주는 달빛이었다. 피카소의 모든 색채는 그 달빛에서 나왔음을 알았다. 달빛이 투영된 풍경, 달빛을 머금은 사랑, 달빛에 반사된 색채들 모두 피카소 것이었다.
그 달빛에 피카소가 풍덩 빠져들어 빚었던 저 푸른빛들, 스카이 블루, 마린 블루, 아쿠아마린, 울트라 마린, 코발트 블루, 네이비 블루, 로열 블루, 오리엔탈 블루…. 블루의 종류가 무려 111가지나 된다고 한다. 푸른 달빛들이 내리쬐는 해변에서 나는 오래 피카소와 그의 사랑을 생각했다.

해바라기에게 쓴 편지

*

창밖 담장 아래 핀 해바라기를 사랑한 적이 있다. 혼자 백수로 살 때는 창밖을 바라보는 것이 주요한 일이었으니까, 눈에 보이는 것이 해바라기뿐이었으니까 그에게 소원을 빌고 이야기를 나누며 술을 마셨다.

내가 살던 달 창문 아래 해바라기 줄기가 쑥쑥 올라오더니 창문까지 키가 자란 어느 날 튼실한 봉오리를 매달았다. 며칠 동안 입을 꽉 다물고 도무지 열 것 같지 않던 봉오리가 활짝 열려 오래 들여다보았다. 어쩌면 저렇게도 질서정연하게 열렸을까. 그 속에 펼쳐지는 우주의 정교한 기하학들. 내가 아는 글라라 수녀님의 표현에 의하면 만다라가 자신의 전생을 열어 보인 것이다.

볼이 두툼하고 풍성한 연상의 여자같이 생긴 해바라기를 사랑했다. 여름 내내. 키가 훌쩍 커서 해바라기가 내 창문을 들여다보면 부끄러워 옷을 갈아입을 때는 창문을 닫았다. 미르치아 엘리아데의 소설 『벵갈의 밤』에는 나무와 연애하는 이야기가 나온다. 나는 나무와 식물, 자연과 사람이 사랑의 감정이 이입된 연애를 할 수 있다고 믿는다. 실제로 해바라기를 사랑했으니까.

해바라기에게 말하고 이르고 물어보고 건배하고 시를 읽어주고 음악을 들려주고, 해바라기를 보며 울었다. 창밖 뒷마당 키가 몹시 큰 여인이 서서 내가 사는 쓸쓸한 달방을 지켜주는 것 같던 해바라기, 건강한 집안에서 잘 자란 여인의 넉넉한 웃음 같은 그 둥근 미소는 바라보는 것만으로도 위안이 되었다.

낮잠을 자는데 어디선가 염소 울음소리가 들렸다. 시끄러워서 창밖을 내다보니 주인집 아주머니가 해바라기 핀 뒷마당에 염소 한 마리를 묶어놓았다. 눈이 빨갛고 몸이 까만 염소. 이놈의 염소가 아침 점심으로 얼마나 울어대던지 시끄러워 방에서 지낼 수가 없었다. 아침에 일어나 염소가 우는 소리를 듣다가 문득 그런 생각이 들었다. 왜 저렇게 울어대는가. 혹시 내게 뭐라고 말을 하는 걸까. 내가 그 소리를 듣지 못하고 있는 걸까. 혹시 저 까만 염소가, 하도 울어대서 눈이 빨간 염소가, 이 생에 염소로 와서 울음으로 나에게 말하는 것은 아닐까. 그런 생각을 하니 염소의 울음소리가

분명 있었는데 없어진 것들, 존재해서 사랑했는데

사라진 것들은 모두 어디로 흘러간 걸까.

한낮의 태양을 따라간 것들,

예사스럽지 않았다. 간절했다. 뜨거웠다. 시끄럽지 않았다.
염소에게 풀을 갖다주고 나보다 키가 더 커진 해바라기를 올려다 보며 그 달에서의 여름을 살았다. 정릉 달동네 다섯 평 남짓한 방, 뒷마당 넓은 아주까리 잎사귀 그늘 아래 슬픔을 감추던 방, 주인집 아주머니 쌀 이는 소리가 너무 커서 적막했던 방, 저녁이 와도 불을 켜기 싫었던 방, 달빛이 청춘을 어루만져주던 방.

어느 가을, 밖에서 돌아오니 창밖에 고개를 떨구고 서 있던 해바라기가 흔적도 없이 사라졌다. 해바라기 자라던 뒷마당에 묶여 있던 까만 염소도 주인아주머니가 팔아버렸는지 없어졌다. 해바라기와 염소의 울음 속에 들어 있던 그해 여름날의 적막과 풍경, 그리고 떠올리던 전생의 기억들, 한낮의 태양과 소나기, 내가 물끄러미 바라보던 시선들, 내가 했던 말들. 그해 여름, 태양을 따라 훌쩍 떠나버린 해바라기와 말뚝에 매어놓은 염소가 사라진 빈자리를 보고 참 많이 허전했다.
여름의 눈사람. 그렇게 흔적도 없이 녹아버린 여름의 기억들이 우와 몰려온다. 분명 있었는데 없어진 것들, 존재해서 사랑했는데 사라진 것들은 모두 어디로 흘러간 걸까. 어느 묘지의 상형문자가 된 걸까. 한낮의 태양을 따라간 것들, 태양이 거두어들인 것들. 작열하는 여름 태양은 제국의 왕이 휘두르는 채찍처럼 뜨겁고 따갑게 자국을 내고 헝클어뜨리다가 여름이 끝나버림과 동시에 제 노예들을 끌고 가듯이 모두 데리고 후다닥 가버린다. 훌쩍 멀어진 하늘.

어느 여름 마당에서 일을 하시다가 마루에서 놀고 있는 내게 펄쩍 뛰어오르며 "아기야! 내가 왜 이러냐!"라는 말씀을 하시고 돌아가신 할머니처럼 태양을 따라간 것들. 해바라기처럼 사랑했던 사람들.

달은 달빛을 거두어 가지 않는다. 세상에 끊임없이 내주고 또 챙겨주고 나누어주는 것이 달이라면, 태양은 알아서 먹으라고 던져 놓고는 때가 되면 뒤돌아보지 않고 거두어 가는 대지주 같았다. 태양의 소작농들. 태양의 후궁, 해바라기를 사랑했었다. 처음이자 마지막으로.

해바라기를 보면 낮잠을 자다가 미친놈처럼 벌떡 일어나 그에게 썼던 편지가 생각난다.

"음메~ 사랑해 음메~."

달에서온편지
입김이었어 헉헉! 두마리 말이 마차를 끌고 가파른 언덕을 오를 때마다
온몸에서 나오는 하얀 소금같은 입김이었어 버텨야 해 파르르 눈꺼풀이
떨리듯 구름 속에서 정전기가 일었어 살아내는 것이란 내 안에 힘이
드는 마이너스 전자와 희망이라는 플러스 전자가 부딪히는 거야 천둥
소리인 거야 슬프면 울어 비가 오게 꽃이 피고 강물이 흐르게 '입김이 었
어 그 뜨거운 입김이 방전되어 튀는 불꽃이었어 그 힘이 지구를 돌리고 있
었어 달에서온편지 2015 권대웅

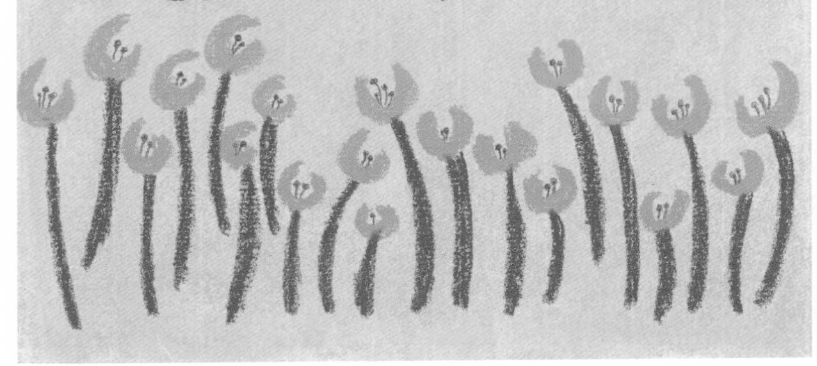

달에서 온 편지

⋮

입김이었어. 학! 학! 두 마리 말이 마차를 끌고 가파른 언덕을 오를 때마다 온몸에서 나오는 하얀 소금 같은 입김이었어. 버텨야 해. 파르르 눈꺼풀이 떨리듯 구름 속에서 정전기가 일었어. 살아내는 것이란 내 안에 힘이 드는 마이너스 전자와 희망이라는 플러스 전자가 부딪히는 거야. 천둥소리인 거야. 슬프면 울어. 비가 오게. 꽃이 피고 강물이 흐르게. 입김이었어. 그 뜨거운 입김이 방전放電 되어 튀는 불꽃이었어. 그 힘이 지구를 돌리고 있었어.

무엇이
축복인가요

*

일을 하다 보면 잊지 못할 분들을 많이 만난다. 가난하지만 자기 자리에서 묵묵히 보람된 삶을 열심히 가꾸시는 분, 밝은 기운으로 가득 차서 좋은 에너지를 일으키는 분, 자신도 힘들면서 남을 돕는 분. 세상에는 그런 분들이 참 많다. 지구가 초록별인 이유는 바로 그런 분들이 지구에 살고 있어서이다.

내가 만난 그런 분들 중에 수녀님 한 분이 계신다. 관절 끝에 붙은 연골이 사라지면서 움직이기만 하면 뼈마디가 갈리는 고통에 시달리다가 열세 살에 보행을 멈추고 오십 년 동안 누워 지내온 수녀님이다. 삶을 포기하고 죽음을 결심한 순간도 있었다. 하지만 살고자 하는 의지가 더 강했다. 초등학교를 중퇴했지만 혼자서 영어와 한문을 독파했고 많은 책을 읽었다. 그리고 그림을 배웠다.
가톨릭교에 입문해 서른두 살에 김수환 추기경의 추천으로 세계 최초로, 가톨릭 2천 년 역사상 처음으로 중증 장애인 수녀가 되었다. 그리고 가평에 있는 성가정의 집에서 누운 몸으로도 원장 수녀로 자신 같은 중증 여성 장애인들을 위해 봉사한다.
오십 년을 누워 지내오며 삶이 축복이라고 말하는 그녀에게 누군가 물었다.
"도대체 무엇이 축복인가요?"
"두 팔을 반 정도 펼 수 있어 숟가락과 젓가락으로 밥을 먹을 수 있는 축복. 머리가 가려울 때 앞부분을 긁을 수 있는 축복. 옆으로 눕기 오 분을 할 수 있어 등을 45도 정도 구부릴 수 있는 축복!"
그녀는 누워서 무지개를 그린다. 조금밖에 쓸 수 없는 작은 손으로 벽만 한 크기의 그림을 누워서 그린다. 남는 시간에는 자신처럼 누워서 지내는 중증 여성 장애인들을 돌본다. 그녀는 이렇게 말한다.
"걸을 수 없는 것보다 더 큰 비극은 걸을 수 있으면서도 자신의 꿈과 비전을 향해 걷지 않는 것입니다."
무지개 그림으로 꿈과 희망을 선물하는 호박 수녀. 자신의 장애가 오히려 축복이라며 웃음 짓는 미소 수녀. 장애인들의 영혼을 치유하는 간호사 수녀. 중증여성장애인요양원 원장 수녀. 윤석인 예수

걸을 수 없는 것보다 더 큰 비극은 걸을 수 있으면서도

자신의 꿈과 비전을 향해 걷지 않는 것.

다웠보나 수녀.

힘든가? 도대체 무엇이 힘든가. 어려운 문제에 봉착할 때마다 나는 그 수녀님을 떠올린다. 도대체 축복이 무엇인가. 하늘에서 오색 색종이와 풍선이 날리고 당신 삶이 찬란하게 조명되어 박수받는 것?
아니다. 축복이란 어떤 방식으로든 우리가 이 세상에 온 그 삶을 이겨내며 스스로 행복을 만들어내는 것, 그래서 도리어 누군가에게 축복을 주는 것. 그것이 진정한 축복이다.

가끔씩 먼 곳으로 여행할 때마다

조금씩 죽음을 연습하고 있다는 생각을 한다.

떠났다 돌아오고 또다시 떠났다 돌아오면서

언젠가는 떠나기만 하고 돌아오지 않는 연습.

달을
여행하는 이

물속에 비친 달을 찾아 한평생을 가는 달팽이처럼 우리가 그렇다 있으면서도 없는 것
보이면서도 잡히지 않는 것 존재하면서도 없어지는 언젠가 모두 사라지는 그래서 아득한!

달팽이 달

⋮

물 속에 비친 달을 찾아
한평생을 가는 달팽이처럼
우리가 그렇다
있으면서도 없는 것
보이면서도 잡히지 않는 것
존재하면서도 없어지는
언젠가 모두 사라지는 것을 향해 가는
그래서 아득한!

떠나는
연습

먼 여행. 이 지역에서 저 지역으로 떠났다가 돌아오는 것만이 여행이 아니다. 저 생에서 이 생으로 오는 것, 이 세상에 머물다가 다시 또 다른 알 수 없는 생으로 가는 것도 여행이다. 여행의 진정한 의미는 바로 그 여행을 말하는 것인지도 모른다.

탄생과 동시에 우리는 죽음을 동반한다. 태어나는 모든 것은 죽는다. 익숙한 것들과 결별하고 지금 이곳에서 떠난다는 것.

가끔씩 먼 곳으로 여행할 때마다 조금씩 죽음을 연습하고 있다는 생각을 한다. 떠났다 돌아오고 또다시 떠났다 돌아오면서 언젠가는 떠나기만 하고 돌아오지 않는 연습. 그렇게 이 세상을 오고 가며 내가 전에 살던 생보다 영혼이 더 많이 성장하고 높아졌으면 한다.

이 생에 여행을 와서 당신도 그렇게 살고 있는 것 맞는지. 서로 만나고, 부딪치고, 힘들어 하고, 떠나고, 직장을 새로 옮겨가면서 그렇게 영혼이 더 아름다워지고 품이 커져가는 것 맞는지.

작센하우젠. 낯선 술집에서 맥주를 마시고 숙소로 걸어오는데 비가 내린다. 쉽게 그치지 않을 것 같은 소나기이다. 빗줄기가 어디에 떨어져서 부딪히냐에 따라 그 소리가 달라지듯이 어느 곳에서 빗소리를 듣느냐에 따라서도 달라지는 것 같다.

수백 명이 빽빽하게 들어찬 독일의 맥줏집에 들어간 적이 있다. 음악, 잔 부딪치는 소리, 우렁찬 목소리들이 한데 섞여 거대한 함성을 지르며 달려오는 게르만 민족의 행진 같은 빗소리. 우와우와와~ 나는 그 함성을 뚫고 달렸다.

아프고 힘든 사랑의 한때가 지나고 나면 마치 한차례의 소나기가 지나간 것 같다. 온몸에 사랑의 비를 흠뻑 맞으며 신열을 앓던 날들. 소나기가 그치고 나면 맑아지는 하늘처럼 한때 격정적인 사랑의 소나기 속을 헤매다가 돌아오면 문득 정신이 명징해지는 것 같다. 무언가, 많이, 성장한 것 같다.

때로 그 사랑이 많이 밉고
나를 힘들게 했어도
그것 때문에 성장했다면

그 사랑은 아름다운 것이다.

내 피를 뜨겁게 달구었던 독일 가을밤의 소나기. 온몸이 흠뻑 젖어 숙소로 돌아왔다. 새벽, 비에 젖어 아직 마르지 않은 옷을 입고서 프랑크푸르트 공항으로 가서 코펜하겐행 비행기를 갈아타고 프라하로 왔다.
프라하! 릴케가 사랑한 도시, 프란츠 카프카가 프라하 성을 산책하며 소설 『성』과 『변신』을 쓴 도시, 정육점 주인의 아들이었던 드보르자크가 연애를 하며 부트바이저 맥주를 마신 도시, 밀란 쿤데라가 바츨라프 광장을 바라보며 『참을 수 없는 존재의 가벼움』을 쓴 도시, 세계 수많은 예술가가 사랑한 도시. '프라하!'라는 이름이 주는 뉘앙스에는 언제나 청년의 이미지가 들어 있다. 오랜 세월이 지나 이 세상에서 없어져도 청년으로 남아 있는 사람들. 중세여도 그냥 그대로 영원한 청년인 프라하.
러시아 시인 롱펠로가 "인생은 짧고 예술은 길다"고 쓴 시구절이 프라하에 오면 이해된다.

중세의 달

마흔두 살, 사업에 실패한 4대 독자 아부지는 병을 앓다가 식구들에게 달랑 방 한 칸 남겨놓고 이른 나이에 세상을 떠났다. 식구들이 얼기설기 모여 잠든 방. 센티멘털한 청소년이었던 나는 작은 미군용 전지를 구해 이불을 뒤집어쓰고 책을 읽거나 일기에 가까운 글을 끄적였다.
식구들의 고단한 숨소리, 판잣집 단칸방으로 들어오는 산동네 겨울의 칼바람, 연탄불, 봉지쌀, 손님이 오면 그이가 돌아갈 무렵까지 밖으로 나가 한참 걸었던 기억들이 낮도 아니고 밤도 아닌, 늘 초저녁이기만 한 어느 하늘에 시린 별처럼 걸려 있다.
한 평이라도 좋으니 내 방 하나만 있는 것이 소원이었던 스무 살

No.22
Kafka
너의 슬픔에 파랗게 녹이슨 카프카의 다
권대웅

언저리. 그때 내 방은 길거리였고 버스였고 공원 벤치였다.
방 하나만 생긴다면 그 방에서 몇 날을 나오지 않고 책만 읽고 글만 쓰고 싶었던 어눌하고 숫기 없던 스무 살 적 꿈… 거기에서 비롯된 것 같다. 내 버킷 리스트 중 하나, 멋지고 아름다운 도시 한가운데 방을 구해 머물며 종일토록 책 읽고 글 쓰는 것.
두 번째 프라하에 들렀을 때 광장 벤치에 누워 책을 읽는 어느 중년을 보면서 문득 한때 나의 방도 벤치였지, 떠올리며 또다시 프라하에 오게 되면 방 하나 구해 틀어박혀 책 읽고 글 써야지, 생각했다.
그러다가 노을이 보헤미안 심장처럼 펄럭거리고 뜨거워지는 저녁이면 나처럼 방이 없던 청년 카프카가 거닐던 카를교를 서성이다가, 불후의 명곡 〈몰다우 강〉을 작사작곡하고 청력을 잃은 보헤미아 음악가 스메타나가 바라보던 몰다우 강을 한참 동안 바라보다가 술집에 들러 취하도록 마시리, 생각했다.
중세!
이 말이 내게 준 뉘앙스는 이곳과 저곳의 사이로 느껴졌다. 이 생과 저 생의 사이 중세中世, Middle Ages.
참 많은 중세 도시를 헤맸고 좋아했다. 그곳에 내 전생의 어느 한 부분이 걸려 있었을 것 같다.
세 번째 프라하에 왔다. 프라하에서 가장 높은 언덕에 있는, 12세기 중세에 건립된 오래된 수도원 안에 숙소를 잡았다. 수도원 안

№22

아! 살아 있다는 것. 죽어서도 살아 있는 것들.

말로 할 수 없는 저 존재의 비밀들이

금 부스러기 빛으로 쏟아지는…

프라하의 밤.

에 도서관이 있는데 철학책, 신학책, 역사책이 14만 권이나 있다는 것이 너무 마음에 들어서였다. 다섯 평 남짓 작은 삼층 다락방 손바닥만 한 창문으로 프라하 시내가 한눈에 보인다.

첫날밤. 술을 마시고 들어와 창문을 바라보는데 프라하의 야경 위로 숙명인가, 운명인가, 어떤 메시지인가… 아아아아! 풀 문이 떴다. Full Moon! 내 이마에 환하게 다가와 말을 거는 달을 바라보다가 나는 그만 또 울고 말았다.

아! 살아 있다는 것. 죽어서도 살아 있는 것들. 말로 할 수 없는 저 존재의 비밀들이 금 부스러기 빛으로 쏟아지는… 프라하의 밤.

프라하의 달
권대웅
프라하의 달은
구름 강 파랑 속
에 사는 카프카
가 푸른 눈을 감고
영원히 사는 곳
수천 개의 파란
달이 몰다우 강

프라하의 달

⁝

프라하의 햇빛은 파랗다. 햇빛이 꾸덕꾸덕 말려놓은 구름, 저녁 여섯시의 머리카락, 너무 푸르러서 뜨거운 종소리에 청각을 잃은 새들처럼 그토록 아름다워서 들리지 않는 저 오래된 기억. 당신이 불러도 나는 듣지 못하고 당신이 사는 집 골목 창문을 그냥 지나쳐 가는 그 파란 시간. 카프카라는 이름을 가진 푸른 눈의 청년을 본 적이 있니? 외로워서 고개를 들지 못하던 청년. 파란 신호등이 켜져도 건너가지 못하던 청년. 푸른 실핏줄 속에 붉은 피가 흐르는 것처럼 그렇게 뜨거워서 저녁이면 강으로 나가 울던, 프라하의 햇빛은 파랗다. 달이 낮에도 뜨기 때문이다. 당신의 슬픔에 파랗게 녹이 슬어 더 아름다운 몰다우 강물에 천 개의 달이 뜬다.

프라하의 달
한대웅

멀리 있는 것은 멀어서 아름답다

카를교 위를 지나가는 수많은 사람을 보다가 문득 그들이 카를교 아래를 지나가는 강물과 같다는 생각이 들었다. 어느 순간에 카를교 아래를 흘러갔던 강물처럼 그들도 반짝거리던 프라하의 한때와 밤의 풍경들을 추억하겠지. 그것이 생의 아름다운 한때로 남아 지금의 당신을 풍요롭고 여유롭게 했으면, 좋겠다.
프란츠 카프카가 매일 한 시간씩 걸었다는 코스대로 저녁이면 나와 걸었다(프라하에서 쓸 때는 '걷고 있다'라는 현재형이 돌아와 읽다 보니 '걸었다'라는 과거형이 되어버렸다).
프라하 성에서 시작하여 내가 머무는 스트라호프 수도원 뒷길을 따라 페트리진 언덕을 넘고 포도밭과 체리밭 옆 끝없이 펼쳐진

계단을 내려가 캄파 섬에서 카를교까지 걸어가는 데 정말 한 시간이 걸린다.

카를교 다리 아래 있는 캄파 섬 카페에서 해 지는 몰다우 강을 오래 바라보다가, 저녁을 먹고 술을 마시다가 또 저무는 강물을 오래 바라본다. 반대편 강 건너 멀리 체코 음악가 스메타나의 전시장과 동상이 보인다. 어쩌면 이렇게 아름다운 곡을 만들었을까. 스메타나의 음악을 처음 들었던 것은 무엇을 하고 싶어도 할 수 있는 일이 없었던, 그래서 명륜동에 있는 클래식 다방에서 하루 종일 우울하게 시간을 죽였던 스무 살 때였다. 나도, 내가 살던 80년대도 암울했다.

러시아 군대가 바츨라프 광장에서 탱크로 밀어붙일 때 온몸으로 막아내던 5월 프라하의 젊은이들, 그 조국을 생각하며 스메타나는 〈나의 조국〉을 만들었을 것이다. 해마다 5월이면 스메타나 음악제가 프라하에서 열린다.

유명한 〈나의 조국〉과 〈몰다우 강〉을 작곡한 그는 불행하게도 나이 쉰에 청각을 잃었다. 청각을 잃었음에도 불구하고 그는 밤이면 달빛에 이끌려 몰다우 강가로 나와 강물이 흐르는 소리를 들었을 것이다. 스메타나가 강가에 나와 듣던 강물 소리를 나도 듣는다. 달이 떴다. 프라하의 달. 달빛 조각조각들이 이 중세로 내려와 강물의 너울과 오래된 돌 틈의 풀들을 비춘다. 둥근 지붕과 백 개의 첨탑들과 흘러온 사람들을 비춘다. 차라투스트라는 말했다.

당신을 사랑한다.

지금 이곳에서 육체를 지니고 함께 사는 사람들,

이 공간에서 치열하게 사랑하고 싸우고

무언가 만들고 이루어내며 살아갔던 사람들.

"멀리 있는 것은 멀어서 아름답다."
멀어서 아름다운 것들은 비단 풍경만이 아니다. 먼 추억, 아프고 힘들었던 기억조차 멀어지면 아름다워 보인다. 그렇게 캄파 섬 술집이나 벤치에 앉아 저녁을 보내다가 다시 밤의 카를교를 지나 숙소로 돌아온다. 카를교에서 음악을 연주하는 집시들, 예술가들. 내 버킷 리스트에는 프라하에 와서 방을 하나 얻고 글을 쓰는 것뿐만 아니라 카를교에 앉아 저들과 합류해 어울리는 것도 포함되어 있다. 그냥 그렇게 한 번 해보고 싶었다.
다리 위 보헤미안 밴드에 합류해볼까? 해! 끼워줄까? 나도 집시잖아! 그러다가 달이 뜨면 다리 위에 앉아 소주를 마시면서 청동빛 달 하나, 그리고 그 그림에 손글씨로 쓴 달시 한 편을 적어 넣고 싶었다. 내가 들고 다니는 가방에는 언제나 내가 사랑하는 색깔의 파스텔, 크레용, 색연필, 스케치북이 들어 있다. 그것들을 꺼내어 달그림을 그리고 달시를 쓰고 싶었다. 그러면 지나가던 누군가 나에게 동전을 던져주겠지. 카를교 위에서 그런 경험을 꼭 한 번 해보고 싶었다.
프라하 시내가 보이는 삼층 다락방에 처박혀 하루 종일 원고를 쓰고 시도 쓰고 책을 읽다 밖으로 나오면 마치 영혼이 깨끗이 목욕하고 나온 기분이다. 블타바 강, 도나우 강, 다뉴브 강, 몰다우 강이 흘러간다. 적당히 쓸쓸해서 행복하다.

"우리를 찌르거나 충격을 주는 책이 아니라면 읽을 필요가 없다. 만일 우리가 읽는 책이 얼굴을 향해 주먹을 날리며 우리를 깨우지 않는다면 읽을 의미가 있는가. 책이란 우리 안의 꽁꽁 언 바다를 깨뜨려버리는 도끼여야 한다."

– 프란츠 카프카

당신과살던집·2
배를타고저달을건넜지요 여울목을두어번
돌았을뿐인데당신과 살던 집으로 돌아가는길
을까마득잊어버렸지요 기억이날듯하다가
덜렁 더운하늘속으로 사라져버렸지요 해질
녘이면뼈마디가쑤시도록아팠지요 장
수풍뎅이처럼노을을바라보며 붕붕거렸지요
남아있는 말이 목젖에 환한 낮달처럼걸려
있었지요 두꺼비눈물고여있는 시간이 당신
과 있는 시간이라고 생각했지요 은하수에서
열목어가 사랑했던별 지느러미가 아름다운
기억들이 눈을감고 저달을보면 보일까요 저생
에서두어번 여울목을돌았을뿐이에요 2015
권대웅

당신과 살던 집 2

⋮

배를 타고 저 달을 건넜지요
여울목을 두어 번 돌았을 뿐인데
당신과 살던 집으로 돌아가는 길을
까마득 잊어버렸지요
기억이 날 듯하다가 펄렁
다른 하늘 속으로 사라져버렸지요
해질녘이면 뼈마디가 쑤시도록 아팠지요
장수풍뎅이처럼 노을을 바라보며
붕붕거렸지요
남아 있는 말이 목젖에
환한 낮달처럼 걸려 있었지요
우두커니 물끄러미 있는 시간이
당신과 있는 시간이라고 생각했지요
은하수에서 열목어가 사랑했던 별
지느러미가 아름다운 기억들이
눈을 감고 저 달을 보면 보일까요
저 생에서 두어 번
여울목을 돌았을 뿐이에요

베니스에서 만난 물끄러미

파란 하늘, 따가운 햇빛, 펄럭거리는 바람…. 베니스에 가면 물의 도시인데도 늑골 속 어딘가에 남아 있는 끈적한 슬픔이나 사랑의 기억마저 바싹 말라버릴 것만 같다. 물의 골목, 물의 카페, 어른거리는 그 환영幻影들을 물끄러미 바라보다가 우두커니 섰다가 무심코 걷다가 하늘을 올려다보면 하얗게 빨아 말린 새 이불 같은 푹신한 구름들, 그렇게 하얗게 표백되어 아뜩 잃어버린 기억들을 찾아 우리가 이 생을 떠다니고 있다는 착각이 들기도 한다.

체 게바라가 말했다. 여행이란 인간 영혼의 가장 먼 곳으로 떠나는 것. 단지 몸이 떠나는 것이 아니라 영혼이 떠나왔다는 것을 베니스의 구름과 물에 어른거리는 풍경을 보면서 느낀다. 휘어진 골목길 끝으로 돌아서는 작은 배 곤돌라, 물그림자에 비치는 담벼락과 창문 불빛들 속으로 저녁이 오고 어느 골목에서 들려오는 산타루치아. 늦은 밤 어디론가 떠나기 위해 배낭을 메고 역전에 서 있는 청춘들처럼 그렇게 인생은 정박이 아니라 민박이라는 것을 베니스는 알려준다.

어렸을 때 길을 잃은 적이 있다. 분명 엄마랑 손을 잡고 같이 걸어가고 있었는데 손을 놓친 것이다. 그때 기억이 아직도 남아 작용하는지 나는 길을 잃어버리면 먼저 당황하고 만다. 하늘이 노래진다. 지금은 꽤 극복했지만 그렇게 많이 여행하면서도 나는 길치이고 방향감각도 없다.

베니스에서 수상 버스를 타지 않고 산마르코 광장까지 한 시간 정도 걸어가는 골목은 보통 미로가 아니다. 처음 베니스에 갔을 때 그 골목에서 길을 잃은 적이 있다. 지도 보는 법에 익숙하지 않았고 지금도 여전하지만 영어도 짧았다. 산마르코 광장까지 찾아가는 길이라면 물어보면 되는데 산마르코에서 나와 다시 베니스역 근처에 있는 숙소로 돌아가는 길을 잃은 것이다.

한참을 돌고 헤맸다. 당황해서 그런지 더 찾을 수가 없었다. 저녁이 왔고 베니스와 어울리는 초승달이 떴다. 수로가 지나가는 골목 작은 다리 위에서 저녁의 알 수 없는 홀림에 넋이 빠져 우두커

SERVIZIO
GONDOLE

[illegible]서 있는데, 골목과 골목 사이 수로로 당신이 탄 배가 지나간다. [illegible]! 당신이다. 하얀 드레스를 입고 수수꽃다리를 든 당신이 수수[illegible]리처럼 하얗게 웃는다. 나는 소리 높여 당신을 불렀다. 나야 나[illegible]고 있었어! 아무리 소리를 질러도 당신은 들리지 않는 듯 다[illegible]람과 즐겁게 이야기하고 있었다. 배가 다리 밑을 지나간다. [illegible]바로 아래 당신이 보인다. 나야 나! 안 들려? 얼마나 찾았는[illegible]

그래[illegible]은 듣지 못한다. 마치 이쪽과 저쪽 사이에 유리 방음벽이[illegible]어 있는 것처럼 내 목소리는 당신에게 가지 않고 다시 나[illegible] 되돌아왔다. 손짓 발짓 소리쳐 불러도 벙어리 냉가슴 앓[illegible]게 가닿지 않던 소리들, 내 앞에서 점점 멀어지던 당신.

“나야 나! [illegible]잃어버렸다고! 조금 전까지 같이 있었잖아!”

메아리로 되[illegible]아오던 텅 빈 수로, 휘어진 골목 저쪽. 그렇게도 멀었던 이쪽과 저쪽 사이. 그런 경험을 가끔 할 때가 있다. 꿈에서이기도 하지만 가끔 현실에서도 그런 먹먹함이 몰려올 때가 있다. 당신이 혹시 멍하니 이곳이 아닌 저곳을 물끄러미 바라볼 때가 그때가 아닌가.

가끔 그런 생각을 한다. 어느 곳에선가 당신과 나팔꽃 씨앗 같은 아이들 올망졸망 낳고 살았는데, 어느 날 갑자기 집을 나와 길을 잃고 저녁이 되어 그만 당신과 살던 기억을 까마득하게 잊어버렸다는 생각. 하늘이 기우뚱거릴 때마다 그 생각이 아주 짧게 떠올랐다가 다시 저 하늘 여울목 어디론가 사라져버려 당신과 살던 집, 이 생에서는 길을 찾을 수 없어 영원히 돌아갈 수 없다는 생각. 우리는 어디선가 살다가 도중에 온 건지도 모른다. 지금도 이 생에서 살다가 도중에 가는 것처럼.

라벤더가
가득 피어 있는 달

수도원 앞마당에 라벤더가 가득 피었다. 금발의 여인이 꽃밭 속에 들어가 한참 그 꽃을 바라보고 있다. 코를 가까이 대고 향을 맡다가 명상에라도 든 듯, 아니면 무슨 생각이라도 떠오른 듯 하늘을 올려다보다가 또다시 우두커니 서서 보라색 라벤더 꽃을 내려다본다.

오래된 중세 수도원과 반바지 차림으로 선글라스를 낀 여인, 그리고 보라색 라벤더가 각자 자신만의 강한 개성을 지니면서도 서로 묘하게 어울렸다. 나도 한참 동안 그녀를 바라보았다. 무슨 생각을 하는 것일까. 짙은 라벤더 향에 잊혔던 기억이라도 떠오른 것일까.

‘향기의 여왕’, ‘성모 마리아의 식물’이라고도 불리는 라벤더는 뇌에 작용하여 두통을 멈추게 하고 불면증을 없애고 심신을 편안하게 해준다. 햇빛이 굳게 잠긴 꽃봉오리를 천천히 열듯이 우리가 잊어버리고 잃어버렸던 존재의 까마득한 기억을 열어주는 열쇠 중 하나가 향기라고 나는 생각한다.

안데스 산맥의 어느 깊은 산속에 있는 인디오 마을에 전생을 기억나게 해주는 나무가 있다고 한다. 나무에 꽃이 절정으로 피었을 때 그 향기를 맡으면 자신의 전생이 모두 떠오른단다. 꼭 한 번. 하지만 한 번 맡은 향기에 마비되어 다시 향기를 맡아도 전생은 더 이상 떠오르지 않는다는 꽃나무.
그런 적이 있다. 산동네 단칸방에서 자취를 하던 서른 살 언저리 무렵. 늦여름, 어느 일요일 저녁이었던 것 같다. 반쯤 열어놓은 창문으로 들어온 햇빛이 방바닥을 지나 벽을 통과해 그 너머로 사라지는 것을 바라보고 있었다. 창문으로 후드득 바람이 한 줌 들어왔는데 함께 묻혀온 것이 깻잎 향이었다. 주인집 아주머니가 뒷마당에 잔뜩 심어놓았던 그 깻잎 향기가 내 코끝으로 지나가던 순간, 갑자기 어떤 기억 하나가 떠올랐다. 아주 어렸을 적 참깨를 터는 할머니 등에 업혀 바라봤던 앞산과 노을, 커다란 드럼통 속에서 타오르는 장작의 열기로 끓던 우거짓국 냄새, 심지어 그때 할머니가 하시던 말까지 떠오른 것이었다.

최초의 기억이 몇 살 때니? 가끔 사람들을 만나면 물어본다. 이 글을 읽는 그대 최초의 기억은 언제이고 무엇인가? 할머니 등 뒤에 업혀 있을 나이라면 말문도 트이지 않고 아무것도 기억하지 못할 만큼 어렸을 텐데, 할머니가 털던 참깨 향이 뇌의 어딘가에 저장되어 있다가, 오랜 시간이 지나 내 방 창문으로 들어온 강한 깻잎 향으로 인해 그때의 장면, 냄새, 말까지 일깨워준 것일까.
향기에 대한 기억은 비단 그것만이 아니다. 어느 책에도 길게 쓴 적이 있지만 동유럽의 알프스라 불리는 타트라 산맥 언저리에서 숙소를 얻어 잠을 자던 밤에도 그랬다. 침엽수로 가득 들어찬 뒷숲에서 흘러나오는, 소나무 향보다 강하고 깊은 향기에 마치 데자뷔 현상처럼 이곳이 아닌 언젠가 살았던 저곳의 생이 떠오른 적이 있었다.
향기에 대한 그런 기억 때문이었을까. 늘 한 번 가보고 싶은 곳이 있었다. 전 세계 라벤더의 90퍼센트가 생산된다는 남프랑스 프로방스 지역의 라벤더 마을이었다. 보라색 바다처럼 펼쳐지는 남프랑스의 라벤더 밭을 사진으로 본 적이 있다.

화살처럼 내리꽂히는 남프랑스의 7월 더위를 뚫고 굳이 멀고 높은 라벤더 꽃밭까지 온 이유가 그것이었다. 친구가 운전하는 자동차를 타고 찾아온 라벤더 밭은 프랑스에서 가장 아름다운 마을로 불리는 프로방스 뤼베롱의 산동네 마을 고르드Gordes에 있었다.

움직이는 소리에 고요함이 있고
고요함 속에 움직이는 소리가 있다

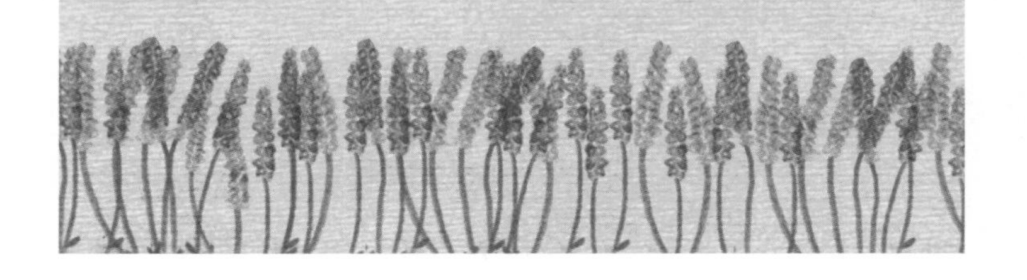

꽃은 지기 때문에 아름답고
우리는 언젠가
사라질 것이기에
소중하다

LAVANDES ANGELVIN
VENTE DIRECTE
OUVERT

절벽 위 높은 요새인 고르드에서 조금 더 올라가면 1148년에 세워진 세낭크 수도원이 나온다. 돌로 쌓아놓은 엄숙하고도 육중해 보이는 수도원 앞으로 보랏빛 물결이 펼쳐진다.
산꼭대기 아래 능선을 따라 창문이 예쁜 집들이 옹기종기 모여 있는 마을. 돌로 지은 집과 돌로 쌓아 만든 담벼락들 너머 저토록 아름다운 라벤더라니! 부조화가 아니라 부조리 같았다. 그 부조리가 이루어내는 낯선 풍경이 너무 아름다워 징글맞았다.

금발의 프랑스 여인이 중세 수도원 앞 라벤더 꽃무리 한가운데에 들어가 생각에 빠져 있다. 보라색 물결에 무릎까지 빠뜨린 그녀의 백색 다리 살결은 햇빛이 닿을 때마다 보라색 물비늘처럼 반짝거렸다. 가슴이 뭉클해올 만큼 황홀했다.
전생이 떠오른 것일까, 그녀도. 중세에 이곳 고르드 산속으로 들어와 수도원을 짓고 라벤더를 재배하며 살던 젊은 수도사를 사랑했던 기억이 떠오른 것일까. 사랑해서는 안 되는 사람을 매일같이 돌담 위에서 몰래 바라보며 맡던 라벤더 향기가 기억난 것일까. 이 높은 산속 마을까지 혼자 찾아와 오랫동안 사색하는 그녀가 궁금했다.
세낭크 수도원은 점점 타락해가는 교회에 염증을 느낀 수도사들이 고르드 산속으로 들어와 돌로 수도원을 지으며 금기와 금욕의 생활을 시작한 뒤 현재까지 이어져오는 봉쇄 수도원이다. 지금도 수도사들이 고립, 궁핍, 단순이라는 세 가지 원칙을 지키며 묵언 수행을 하고 하루 십오 분만 말을 할 수 있다고 한다.
이곳 라벤더가 더 아름다워 보이는 이유는 바로 그런 배경과 풍경 때문이다. 오래된 중세의 돌벽 수도원, 봉쇄된 고립과 궁핍한 삶을 지향하는 수도사들이 키우는 라벤더. 보라색은 금기와 금욕을 상징하는 색이기도 하다. '깨끗이 하다'는 뜻의 라틴어 Lavo에서 유래한 라벤더를 그래서 수도사들이 가꾸며 생활했다고 하지만, 사실 라벤더는 돌이 많은 이 지역에서 재배하기 적합한 식물이다.
라벤더는 건조한 모래땅과 척박한 돌들 사이에서 자라는 식물이다. 진흙 속에서 피어나는 연꽃이 그러하듯 환경과 상황이 척박하고 힘든 곳에서 자라나는 것일수록 그 꽃과 향기는 아름답다. 정신과 영혼에 그 무엇인가 유익한 것을 안겨준다. 사람도 그렇다.
악 소리가 날 만큼 좋은 경치를 '경악'이라고 한다. 라벤더가 보라의 바다를 이루는 모습이 경악이라는 프로방스 발랑솔Valensole 마을로 가기 위해 세낭크 수도원을 내려왔다.

정확히 어딘지는 지명이 생각나지 않는다. 발랑솔 근처에 있는 외딴 시골 마을임에는 틀림없다. 사람들이 거의 찾지 않는 것 같은 숲속에 오직 하나뿐인 작은 호텔에 짐을 풀고 저녁을 먹으러 나왔다. 너무나 작은 구멍가게가 보여 문을 밀고 들어갔다. 할아버

지가 주인인가 보다. 낯선 동양인을 보고 반갑게 웃는 것이 귀여웠다.

우리 시골 구멍가게처럼 과자 봉지들과 올리브, 피넛이 있었다. 스낵과 피넛 그리고 5유로짜리 와인 한 병을 사고 계산을 하려는데 7유로란다. 담은 피넛이 비교적 많았는데 다 합쳐 만 원도 안 되다니!

돈을 지불하고 와인 코르크 마개를 좀 따달라고 했더니 대뜸 할아버지가 "5유로!"를 외친다. 아니 와인 한 병에 5유로인데 마개를 따는 데 5유로라니! 놀라 바라보았더니 씨익 웃는 귀여운 할아버지. 그제야 농담인 줄 알았다. 아! 나이 들어서 저런 유머와 여유를 가진 것이 아름다워 보였다.

처음 가본 남프랑스의 전형적인 시골 마을이었지만 사람 사는 풍경은 어디나 같았다. 커다란 나무 아래 조그만 상점이 하나 있고, 동네 할아버지들이 그곳 야외 테이블에 모여 앉아 맥주를 마시며 이야기를 나누었다. 그곳이 그 마을에 하나밖에 없는 유일한 식당이었다. 건너편 돌 벤치에는 그들의 부인인 듯 프랑스 할머니들이 조르르 앉아 그들만의 이야기를 주고받는 모습이 정겹고 평화로웠다.

상점 앞에는 팔백 년 전에 만들어진 우물이 수도처럼 여러 갈래로 콸콸 쏟아져 나왔고, 아직도 그 물을 먹는 마을 사람들이 식수로 떠 가느라 오갈 때마다 할아버지들과 포옹을 하고 입을 맞추며 웃고 인사를 나누었다. 그 할아버지들 사이에서 맥주를 시키고 저녁을 먹었다. 깊고 이름 모를 남프랑스 시골 마을 그 따뜻한 사람 풍경을 오래 바라보며.

내가 이 세상에 온 이유는 알 수 없지만 내가 이 세상을 살아가는 이유는 분명하다. 어떤 상황에서도 행복을 만들며 살아가야 한다는 것은 남은 이 생에서의 일이지만, 그보다 더 중요한 것은 내가 어디서 왔는가에 대한 물음이다. 그것은 곧 나는 누구인가, 나의 정체성에 해당된다. 나는 어디서 왔는가는 궁극에는 나는 어디로 갈 것인가와 합일되기도 한다.
여행을 하면서 나는 끊임없이 물었다. 이 생에서 공부하고 만나고 깨우치며 쌓은 품성 말고 본래의 나라는 품성, 성격은 어디서 왔는가. 그리고 무수한 경험과 마음공부로 쌓아온 품성은 이 몸이 없어지고 나면 어디로 가는가.
상점에서 할아버지들이 하나둘씩 돌아가고 어둠이 짙어질 무렵 숙소로 돌아왔다. 달이 떴다. 남프랑스의 달이나 서울의 달이나 중세의 달 역시 매양 마찬가지고 하나이고 같다. 그러나 다른 것은 우리가 살았던 곳이다. 당신이 살았던 시대에 바라보았던 달, 당신이 다음 생에도 이 세상에 와서 바라볼 달, 우리가 무언가 간절히 빌며 바라보던 달.
거울이 아니더라도 오랜 바라봄은 결국 나를 비춘다. 나를 바라보게 해준다. 라벤더 밭에서 한참 꽃을 바라보던 금발의 여인이 머릿속에 오랫동안 남아 있다. 어떤 기억이 떠오른 것일까.

황량하고 딱딱한 돌들로 이루어진 저 달에 문득 라벤더 꽃물결이 장관을 이루고 있을 것 같다는 생각이 들었다. 달빛에서 라벤더 향기가 난다. 저 달 향이 비추는 전생을 우리는 매일 밤 꿈속에서 잠깐 보았다가 다시 까무룩 잊는 것인지도 모른다.

보라의 달

빨강과 파랑이 만나 지은 집 너무
뜨거움에 절절 썼고 차가움이 상
처가 되어 졸아온 날들 내 지붕에는
파랑을 칠하고 내 슬픔에는 빨강을
칠하여 경계가 아닌 서로 물들여 사
는 집 그 보라의 집에 살고 싶었다 혼
자였음이 꽃이었고 쓸쓸했음이 등불
이 되어 주는 집 그렇게 아파서 아
름다운 상처들이 하나가 되는 보라의
달빛에 한 뼘 영혼이 자란다
2015 달춤 권대웅 보라의 달

보라의 달

⋮

빨강과 파랑이 만나 지은 집
너무 뜨거워서 쩔쩔맸고
차가움이 상처가 되어 돌아온 날들
네 지붕에는 파랑을 칠하고
내 슬픔에는 빨강을 칠하여
경계가 아닌
서로 물들어 사는 집
그 보라의 집에 살고 싶었다
혼자였음이 꽃이었고
쓸쓸했음이 등불이 되어주는 집
그렇게 아파서 아름다운 상처들이
향기가 되는 보라의 달빛에
한 뼘 영혼이 자란다

보라를 찾아서

모든 상처의 색은 보라이다. 아프고 힘들어도 그것들을 표현하지 않고 머금고 있는 색. 그래서 보라는 더 아름답다. 모든 색이 저만의 빛나는 색깔 매너리즘에 빠져 저요! 저요! 손을 번쩍 들며 간택받기를 원할 때 보라는 침묵하며 한 켠에 조용히 물러서 있다. 그래서 보라는 아무 곳에나 쉽게 쓸 수가 없다. 쓰더라도 잘 어울리지 않는다.

슬프고 아픈 것들을 저만의 아름다움으로 바꾸는 보라를 만나고 싶었다. 남프랑스 고원 지대 발랑솔에서 라벤더는 해마다 6월 말부터 이십여 일 정도 보라색 꽃봉오리를 연다. 아주 작은 종 모양의 연보라 꽃들이 가지에 총총히 매달려 있다. 마음먹고 그 시기를 맞추지 않으면 7월 중순부터는 모두 추수해버리기 때문에 보라들이 떠나간 빈 들판만 볼 수 있다.
7월 남프랑스의 햇빛은 어렸을 적 돋보기로 햇빛을 모아 먹지를 태우는 것처럼 가닥가닥이 모두 따갑다. 화살 같은 햇살을 맞으며 그늘 한 점 없는 들판으로 보라를 보러 온 사람들의 허영심에 박수를 쳐주고 싶었다.

자동차가 발랑솔에 들어서자 길 양옆으로 보랏빛 바다가 펼쳐진다. 고르드 세낭크 수도원에서 본 라벤더와는 많이 달랐다. 라벤더 밭이 너무 광활하여 마치 꽃을 든 보라의 군대 같았다. 연병장에 일렬종대로 끝없이 줄지어 선 7월의 푸른 청춘, 보라 보라 보라들 앞에서 군악대의 현란한 갈기 옷 같은 차림으로 태양을 향해 커다란 나팔을 불어대는 해바라기, 해바라기들….
그 뜨겁고 황홀한 풍경을 바라보다가 또 어딘가에 숨어 있는 보라의 바다를 찾아 떠났다. 몇 개의 언덕을 넘어 깊은 숲 속 좁은 길로 자동차를 돌리자 느닷없이 무엇인가 눈앞으로 밀려왔다. 보라색 파도인 줄 알았다. 뜨거운 감동을 만나면 '아!'라는 감탄사가 나오고, 더 뜨거운 감동에 휩싸이면 눈물이 난다. 뜨거운 보라의 물결 앞에서는 감탄사마저 나오지 않았다.

사막에만 전갈이 사는 것이 아니다. 황량한 돌모래 땅에 자라는 라벤더 밭에도 전갈이 산다. 그것을 마다하고 나는 억만 톤의 향기가 입과 코와 눈까지 잠겨와 숨이 막히는 보라의 바다 중심으로 빠져들어갔다. 슬픔으로 물든 벗들을 만나기 위해, 아니 보라의 벗들에게 내 슬픔을 위로받기 위해…. 그들의 어깨를 붙잡고 감격에 벅차 나는 그만 눈물을 흘리고 말았다.

그동안 나의 상처는 온전히 보라가 되지 못했다. 내 안에 머금지도 소화시키지도 못하고, 아물지 않은 생채기로 수두룩하게 남은 그 상처를 도리어 남에게 뱉어내기만 했다. 눈이 돌아가고 입이 삐뚤어져서 툴툴거리기만 했다. 내 안에 와서 어떤 색깔로도 자리매김하지 못하고 떠돌던 상처들… 깊이 농익어 오히려 투명해진 연보라의 물결과 향기에 내 영혼과 상처들을 씻고 싶었다.

"상처받지 않은 영혼이 어디 있으랴."

프랑스 천재 시인 아르튀르 랭보의 「굶주림」이라는 시 첫 구절이다. 바람에 흔들리며 햇빛에 반짝이는 보라들이 내게 랭보의 그 시구절을 읽어주는 것 같았다.

—

오! 계절이여!

오! 성이여!

상처받지 않은 영혼이 어디 있으랴.

그것은 지나갔다.

나는 이제 아름다움에 인사하는 법을 알았다.

—

꽃들 사이로 붕붕거리며 날아가는 벌들, 붕붕거리는 노을과 붕붕거리는 햇빛. 그 모든 것이 절정인 화려한 슬픔에 들어서면, 아! 오르가슴이다. 빈혈이다. 신비한 체험이었다. 치마를 펄렁이며 보랏빛 속살을 보여주고 지나가는 바람 같은 것들. 그 속살에서 풍겨오는 연하디연한 향기 같은 것들. 그동안의 아집과 망집과 뒤틀린 두통 같은 것들을 어루만지고 치유해주는 부드러운 손길 같은 것들….

보라를 만났다. 내가 만난 보라는 귀족이었다. 우아하고 고상하고 신비스러우며 권위까지 갖추었다. 물리적으로나 심리적으로나 정반대의 색인 뜨거운 빨강과 차가운 파랑이 만난 슬픔. 그것을 머금고 오히려 아름답게 승화시킨 보라.

보라는 기원전부터 귀하게 사랑받은 색이다. 다만 2천 개의 조개껍데기에서 추출해야 했을 만큼 그 색을 만들기가 어려워 왕족만 쓸 수 있었다고 한다. 아리스토텔레스, 플라톤이 사랑한 보라. 상처를 결국 아름답게 만드는 보라. 그래서 보라색은 진주이다.

그런 보라를 만났다. 태양이 작열하는 먼 남프랑스 시골 마을, 이름 모를 깊은 숲 넓은 들판에서.

이 세상을 살아가면서 너무 아름다운 기억이나 추억도 상처가 된다는 것을 보라를 통해 알았다. 더불어 어떤 상처도 아름다운 진주로 만들어낼 수 있다는 것을 알았다.
보라의 바다 너머로 멀리 황금빛 밀밭이 지평선까지 닿아 있다. 라벤더와 밀밭이 만나는 어느 언저리에 흙담으로 쌓아올린 오두막이 오도카니 앉아 있다. 그것은 또 다른 명상이다. 평화이다. 눈앞에서 그 풍경이 점점 멀어지고 사라져간다. 사랑하는 사람과 헤어지는 것처럼 이 순간들이 너무 아쉽고 안타깝다.
"다시 와야지."
나도 모르게 그 말이 나왔다. 아름다웠던 순간, 찰나를 영원으로 포착할 수 없어 인간에게는 그리움이 생기나 보다. 그래서 뒤돌아보고 아련해지고 애틋해지고, 그렇게 그리워져 또다시 찾게 되는가 보다.
이 세상에 당신과 내가 다시 온 것처럼….

간다 그리운 저 미친놈 사이프러스
나무 옆 밀밭 위로 여름밤 하늘을 노
랗게 불질러 놓고 불 질러만 놓고 절룩
거리며 간다 이 골목 저 골목 떠도는
시린 귀 달빛이 그것을 모아 꾸매
주고 있는데 술병에 해바라기를 꽂
아 놓은 한 사내가 담벼락에 구겨!
앉아 울고 있다 가슴에 진눈깨비
가 내리고 있는 사내 고흐라는,
외로운 눈물겨운 저 미친놈 · 쥔대왕

달詩 아를의 달

아를의 달

⋮

간다. 그리운 저 미친놈
사이프러스 나무 옆 밀밭 위로
여름밤 하늘을
노랗게 불 질러놓고 불 질러만 놓고
절룩거리며 간다
이 골목 저 골목 떠도는
시린 귀
달빛이 그것을 모아 꿰매주고 있는데
술병에 해바라기를 꽂아 놓은 한 사내가
담벼락에 구겨 앉아 울고 있다
가슴에 진눈깨비가 내리고 있는 사내
고흐라는
외로운 눈물겨운
저 미친놈

세상에서
가장 노란 달

고호의 그림에는 소리가 들린다. 굉장한 소리이다. 꿈틀, 꿈틀거리며 일어서는 소리는 둥둥둥 무언가 조여오는 인디언의 북소리 같기도 하고 고요한 정적을 울리는 사이렌 소리 같기도 하다. 고흐의 그림을 앞에 놓고 들어보라. 그대여! 무슨 소리가 들리는지. 장엄한 베토벤의 소나타 〈비창〉도 들리고 〈월광〉도 들린다. 그러다가 어떤 그림에서는 베르디의 〈히브리 노예들의 합창〉도 들려온다. 불현듯 더워지고 피가 끓는 것 같고 슬퍼진다. 아프다. 그러다가 문득 배가 고파진다.

고흐의 그림에는 허기가 들어 있다. 그 허기가 고흐의 그림을 뜨겁게 했고 갈망하고 갈구하게 했다. 배고픔, 가난, 궁핍… 세상에 대한 허기와 사랑에 대한 허기가 주는 슬프고도 외로운 영감을 나는 조금 이해한다. 그래서 고흐에게 연민이 있고 안타깝고 안쓰럽고, 그리고 불쌍하다.

아를Arles에는 아직도 고흐가 있다. 골목 여기저기 걷다 보면 허기진 청년 고흐가 담벼락에 기대 광채 도는 눈으로 사람들을 응시한다. 술 취한 고흐가 술병을 들고 비틀거리며 어두운 골목을 걸어 나온다. 카페에 앉아 담배 파이프를 물고 커피를 마시는 고흐가 보인다. 앙상한 정강이가 드러나는 반바지 차림으로 원형 경기장 앞 계단에 쪼그리고 앉아 그림을 그리는 고흐가 보인다. 그가 머물던 생폴 정신병원 마당에 들어서면 이층 창가에서 소매를 걷고 턱을 괸 고흐가 핏기 없는 눈으로 나를 바라본다.

아를의 곳곳에 고흐의 영혼들이 살고 있다. 레퓌블리크 광장, 생트로핌 교회, 포룸 광장, 카페테라스, 허름한 식당과 골목의 담벼락, 쇼윈도에 고흐의 그림자가 어른거린다.

"태양의 색깔은 뭐니?"

선생님이 물었다.

"빨강!"

아이들은 이구동성으로 선생님의 질문에 답했다. 그때 한 소년이 말했다.

"노랑!"

아를의 곳곳에 고흐의 영혼들이 살고 있다.

레퓌블리크 광장, 생트로핌 교회,

포룸 광장, 카페테라스, 허름한 식당과 골목의 담벼락,

쇼윈도에 고흐의 그림자가 어른거린다.

어렸을 적부터 태양을 노란색이라고 말한 소년 고흐도 아를의 작은 문구점 앞에 멜빵바지를 입고 서 있다. 그리고 아를에는 고흐가 사랑했던 여자도 있다. 다른 남자를 사랑한 여자를 사랑했던 고흐. 아이가 있는 이종사촌 과부를 사랑했던 고흐. 이미 어린 딸이 있는데 다른 남자의 아이까지 임신한 알코올중독 매춘부를 사랑했던 고흐.
2천여 점을 그렸으나 생애 딱 한 점만 팔렸던, 연애운만큼이나 화가로서의 운도 지지리 없었던 고흐. 자기 손으로 제 귀를 잘라버린, 그러다가 결국 밀밭에서 권총으로 자살해버린… 그리운 저 미친놈. 고흐.

아를의 달에는 고흐가 살고 있다. 살아가는 동안 너무 힘들어서, 외롭고 아프고 가난하고 배고프고 불행하기만 해서 고흐가 달에서 보내는 빛은 더 깊고 환하다. 노랗다. 세상에서 가장 노란 달이 아를에 뜬다.

나를 너무 아름답게 생포한 골목

집으로 가려면 골목길을 지나가야 했다. 어렸을 적 전화가 없던 시절, 학교에서 조금 늦으면 누군가 골목 앞에서 나를 기다려주곤 했다. 비가 오는 날은 우산을 들고 나왔고 어두워지면 무서울까 봐 골목 어귀까지 데리러 왔다. 어른이 된 지금도 내 마음의 골목길에는 그분들이 서서 항상 기다려주고 계신다. 그래서 어둡지 않다. 무섭지도 않다. 당신이 서서 기다려주는 모습만 떠올려도 든든하다.

당신이 살아가는 인생의 골목길에도 당신을 기다려주는 분들이 많았으면, 그래서 때로 세상에서 지쳐 돌아갈 때 외롭지 않았으면, 환하고 따뜻했으면….

아파트 말고 한옥이나 주택이 대부분이었던 어렸을 적에는 골목도 참 많았다. 작고 좁고 구불텅한 골목은 정겹다. 굴뚝이 있었고 저녁이면 그 굴뚝으로 연기가 올라가 겨울의 시린 초저녁 하늘을 어루만져주는 따뜻한 풍경을 보곤 했다. 장독대가 있었고 다락방이 있었다. 연탄불에 고등어 굽는 냄새, 꽈리고추 볶는 냄새, 김치찌개 끓이는 냄새까지 나면 어김없이 저녁밥 먹으라고 부르는 소리가 달의 골목에 걸렸다. 이제는 일부러 찾아가지 않으면 만나기 힘든 골목길들.

그래서 여행을 하며 골목길을 만나면 반갑다. 걸어본다. 골목을 지나가는 사람들 보라고 창밖으로 내놓은 꽃들, 화분과 인형들 그렇게 예쁜 창문들, 대문과 지붕까지 오래 바라본다. 이 골목길로 이 동네 사람들이 걸어갔겠지. 이 골목길을 나와 출근을 하고 등교를 하고 장을 보러 가고 시집을 왔겠지.

남프랑스에 있는 니스에는 365일 중에 삼 일만 비가 내린다. 니스 해변에서 바라보면 빈혈이 일어날 만큼 바다도 파랗고 하늘도 파랗다. 그 파란 하늘과 바다 위로 니스 공항에서 가끔씩 뜨는 빨간색 비행기를 보면 눈물이 날 만큼 아름답다. 파랑과 파랑 사이를 가르는 빨강. 파랗게 사랑해 파랗게.
니스 바다를 왼편으로 바라보며 자동차로 삼십 분을 달리면 세상에서 햇빛이 가장 따뜻하다는 마을, 생폴드방스Saint Paul De Vence가 나온다. 우리나라의 조그만 산동네 같은데 막상 들어가면 다시 나오기 싫다. 수놓은 것처럼 돌길과 돌계단으로 아름답게 이어지는 좁은 미로의 골목에는 백여 개의 작은 갤러리로 가득하다.
골목 모퉁이마다 기념우표딱지 붙여놓은 것처럼 열려 있는 예쁜 상점과 카페들, 골목길을 잘못 들었다 싶을 때쯤 막다른 길에서 만나는 이층집과 꽃으로 둘러싸인 작은 창문들이 자기네들끼리만 잘살겠다는 듯이 질투 나도록 아름답게 박혀 있다.
세상에서 가장 예쁜 동화책 같은 마을, 생폴에서 수많은 예술가가 말년을 보냈단다. 샤갈, 마티스, 피카소, 이브 몽탕, 알베르 카뮈, 르누아르…. 지금도 갤러리 이층에는 젊은 예술가들이 많이 살고 있다.

성벽으로 둘러싸인 마을 정상에 서 있던 커다란 올리브 나무를 잊을 수 없다. 그 나무 아래서 멀리 보이는 파란 니스 바다를 『이방인』의 작가 카뮈도, 죽어서도 영원히 푸른 청춘인 마티스도 바라보았으리라.

올리브 나무 바로 맞은편에는 공동묘지가 있다. 생폴에서는 살아 있는 사람들보다 죽은 사람들이 더 높은 곳에 살고 있는 셈이다. 거기서 니스 바다를 바라보며 누워 있는 샤갈의 묘지를 보았다. 샤갈은 눈이 내리는 마을이 아니라 오렌지색 바람과 햇빛이 내리는 동화의 마을에 잠들어 있었다.

아름다운 것을 보면 왜 눈물이 나는가. 그리고 그 아름다운 기억들은 왜 거미줄에 걸린 물방울처럼 빛나면서 나를 아프게 하는가. 아름답고 빛나고 지나간 것들은 아픈 것인가. 그렇다면 생은 아픈 것인가. 아픈 것이 바로 아름다운 것인가.

골목 가득 종소리가 들려온다. 머리, 어깨, 온몸 가득 떨어지는, 낯선 마을의 골목길에서 듣는 성당의 종소리는 뜨겁다. 내가 아득히 먼 곳에 떠 있는 것 같고 어떤 뜨거웠던 기억이 떠오를 것만 같고 중세 같고 미사를 보러 가야만 할 것 같다. 종소리가 울리는 곳으로 발걸음을 옮긴다. 골목을 지나가는데 아이들 둘이 돌계단을 내려온다. 아, 오래되어 아름다운 중세의 집과 돌계단에 저렇게 이

SNACK
CAFE - THE
SMOOTHIES
SALADE

L'Ô
MICHEL BRODSKY
1913 1997

당신이 살아가는 인생의 골목길에도

당신을 기다려주는 분들이 많았으면,

그래서 때로 세상에서 지쳐 돌아갈 때 외롭지 않았으면,

환하고 따뜻했으면….

쁜 어린아이들이라니! 사진을 찍자니까 멈춰서 환하게 웃는다.
토요일 오후, 성당에서 결혼식이 막 끝났나 보다. 젊은 연인의 결혼을 축하해주는 하객들이 모여 밴드에 맞춰 춤을 춘다. 저 흥겨움은 어디서 오는 것일까. 7월 한여름. 온몸이 젖어들어도 신나게 춤추는 사람들.
식장에 잠깐 들러 축의금 내고 결혼식 보고 밥 먹고 가는 우리와 달리, 그들은 지인의 결혼을 진심으로 축하하며 자신도 그 축복을 온몸으로 즐겼다. 신랑도 신부도 친구들도 땀에 젖은 얼굴로 춤추며 모두가 환하게 웃었고, 그런 행복한 에너지가 내 가슴으로도 전해져 찌릿찌릿 울렸다.
여유다! 그렇게 생각했다. 저 표정과 웃음과 흥겨움이 오는 것은 그들 가슴속에 여유가 있기 때문일 것이다. 뛰어서 학교에 가지 않아도 되는 여유, 빨리 밥 먹지 않아도 되는 여유, '겨를이 없어!'라는 말을 모르는 여유, 정해진 점심시간이나 저녁 시간 아니면 문을 닫고 장사를 안 하는 여유, 재촉받지 않고 살아온 여유…. 무엇보다 마음속에 이 마을처럼 예쁘고 아름다운 골목을 무수히 가질 수 있는 여유이다.

중세 때 지은 숙소에 짐을 풀고 내가 본 중에 가장 예쁜 골목과 집과 창문이 있는 길로 십 년 만에 다시 왔다. 이 골목을 다시 걷는 데 십 년이 걸렸다. 저녁에도 걷고 밤에도 걷고 아무도 없는 새

골목길이 아름다운 것은 모든 골목이 서로 닮아 있기 때문이다.

처음 가보는 전혀 낯선 골목길이 따뜻해 보이는 것은

우리 집으로 걸어 들어가던 골목길과 같아 보이기 때문이다.

사랑하는 사람을 집까지 바래다주던 골목길이 떠오르기 때문이다.

벽에도 걸었다. 저녁에 마을 입구에 있는 빵집에서 빵과 맥주를 사서 골목에 세워놓은 테이블에 앉아서 먹는데 빵집 주인이 함께 온 아내에게 물었다.

"이곳에 처음 왔어요?"

"두 번째예요. 십 년 전에 왔었어요."

뚱뚱한 빵집 아저씨가 웃으며 말했다.

"그럼 십 년 후 이곳에 오면 스무 살이겠네요?"

아내의 나이를 열 살로 표현해준 빵집 아저씨. 십 년 전, 그러니까

태어나기 전에 이곳에 왔었을 거라는 의미심장한 유머를 던진 빵집 아저씨의 여유도 이렇게 아름다운 골목에서 빵을 팔기 때문일 것이다. 십 년 후에도 빵집 아저씨는 이 골목에서 빵을 팔까.

골목길이 아름다운 것은 동네 사람들이 살고 있기 때문이다. 밥 짓는 냄새가 나기 때문이다. 가족이 둘러 모여 저녁 먹는 소리가 들리기 때문이다. 만나면 인사할 수 있는 사람들이 지나가기 때문이다. 누가 누구와 어느 집에 사는지 알기 때문이다. 옆집 앞집과

음식을 나누어 먹을 수 있기 때문이다. 그 골목 사람들만의 성격이 보이기 때문이다.

골목길이 아름다운 것은 모든 골목이 서로 닮아 있기 때문이다. 처음 가보는 전혀 낯선 골목길이 따뜻해 보이는 것은 우리 집으로 걸어 들어가던 골목길과 같아 보이기 때문이다. 사랑하는 사람을 집까지 바래다주던 골목길이 떠오르기 때문이다.

골목길이 아름다운 것은 창문이 있기 때문이다. 변하지 않기 때문이다. 그래서 어렸을 적 생각이 나기 때문이다. 따뜻한 불빛이 보이기 때문이다. 당신이 사는 집이 있기 때문이다. 매일 밤마다 창문에 비치는 당신의 모습을 볼 수 있기 때문이다.

모나코 가는 길

니스 바다를 보는 순간 화가 마티스는 분명 그의 푸른 색을 저 바다에서 퍼왔을 것이라는 생각이 들었다. 파란색을 오래 바라보면 눈동자가 파랗게 물들 정도로 눈이 부시다. 눈이 부시면 왜 아득하고 아련해지는가. 눈썹도 파랗고 머리카락도 파란 추억이 그 속에 살고 있는 것인가. 지독하도록 파래서, 그렇게 푸른빛 시절이 아파서 아뜩하고도 아무것도 생각나지 않는 당신의 사랑이 그러한가.

니스 해변은 자갈로만 이루어져 있다. 그런데 그 돌들을 보면 한결같이 가운데에 하얀색 줄이 그어져 있다. 그 흰 선과 파란 바다를 연결하면 바로 마티스의 그림이다. 바다와 자갈을 베낀 마티스. 그것이 예술이다. 자연은 언제나 예술 위에 있다.
니스 바다를 바라보고 오른편으로 달리다 보면 모나코로 가는 길이다. 그 길 초입, 바다가 펼쳐지는 언덕 아래 세계 갑부들의 별장이 모여 있다. 빌 게이츠, 롤링 스톤즈, 마피아 두목의 별장도 사이프러스 나무에 가려져 있다. 세상에서 가장 아름다운 석양을 볼 수 있는 곳이라서 그렇단다. 파란 지중해 바다 위로 지는 석양을 바라보며 사람들은 자신의 말년도 저렇게 아름답게 일몰해야 한다는 것을 배우기는 할까.
고전이 되어버린 폴 발레리의 「해변의 묘지」라는 시가 있다. 마지막 연이 이렇다.
"바람이 분다. 살아야겠다. 바람이 불지 않는다. 그래도 살아야겠다."
분명 폴 발레리도 그 시를 이 언덕에서 썼으리라. 수많은 요트가 정박해 있는 지중해 바다로 석양이 진다. 바람이 분다. 살아야겠다.
모나코로 가는 길이 그렇게 아름답다. 절벽 위의 길, 그 아래로 펼쳐지는 지중해. 모나코 왕자와 결혼한 미국 영화배우 그레이스 켈리가 이 길에서 교통사고로 죽었다.
절벽 위 해변을 따라가는 길에 바다를 바라본 조그만 음식점에 들렀다. 식당 안은 마을 사람들로 가득 찼다. 마을 할아버지 할머니 아버지 어머니 손자 손녀 모두가 대가족이었다. 할아버지가 와인 잔을 들고 가족과 건배하고 아이들이 노래를 부른다. 마을의 악사는 아코디언을 연주한다. 그 풍경을 바라보는데 눈물이 나왔

살아서 지금 순간의 아름다움에 매료되는 것도 생포다.

내가 생포했던 풍경들,

웃음과 풍요로움과 넉넉함들,

사랑들, 아, 눈물들.

다. 그들이 고작 하루 한 끼의 평범한 식사를 즐기는 광경에 나는 그만 가슴이 뭉클해지고 감격하고 말았다.
아코디언 연주 때문이 아니었다. 부자 마을도 아닌데 저렇게 여유롭고 풍요한 삶을 처음 보았기 때문이다. 허겁지겁 삼십 분이면 끝날 우리의 점심과 달리 그들은 아무리 주말이라도 그렇지 식당에 모인 마을 사람 모두가 두 시간이 넘도록 점심을 행복하게 즐겼다.
산 채로 잡는다는 것이 '생포生捕'다. 살아서 지금 순간의 아름다움에 매료되는 것도 생포다. 내가 생포했던 풍경들, 웃음과 풍요로움과 넉넉함들, 사랑들, 아, 눈물들.
바람이 분다. 살아야겠다. 바람이 분다. 바람이 불지 않는다. 그래도 살아야겠다.

마리네 집

sidendolsleben 8a 29413 Dahre

내가 만난 마리네 집 주소이다. 동독에 있는 마을이다. 독일이 통일되자 동독에 살던 사람들이 일자리를 찾아 모두 서독으로 떠났다. 이 마을도 그렇다. 남아 있는 사람들 빼고 마을 전체가 거의 텅 비었다. 그렇게 비어버린 농가들은 독일의 예술가들이 싸게 사들여 작업하며 살고 있었다. 참 아름다운 마을이었다. 가을이었는데 마을 여기저기 심어놓은 과일나무에서 떨어진 배와 사과들이 지천에 널려 있었다. 호두, 피넛과 같은 열매…. 그 마을 들판에 풀어놓은 말들이 사각거리며 과일들을 통째로 씹어 먹었다.

마리는 한국인 2세이다. 간호사로 독일에 온 어머니가 돌아가시고 딱히 갈 곳이 없어 독일에 머물며 세 살 연하의 독일인 조각가와 결혼하여 아이를 넷이나 낳았다. 한국말은 잘하는 편이지만 가끔 서투르기도 해서 '저 임신했어요'라는 표현을 '저 애 뱄어요'라고 말하기도 한다.

가난한 조각가인 마리의 남편은 동독 사람들이 떠난 집을 아주 싸게 사들여 마리의 작업실을 만들어주고 그 옆에 그들이 사는 집 한 채를 지었다. 마리를 위해 거실 벽난로와 연결시킨 구들방도 있었다. 이곳에서 그녀는 자급자족을 한다. 이 마을에서 나는

갖가지 과일과 열매들로 천연 잼을 만든다. 한국 된장도 직접 담가 먹는다. 재봉도 하고 수예도 한다.
마리의 손길이 구석구석 닿은 마리네 집은 그림 같다. 마당에 부풀어 있는 호박들, 씨앗이 엄지손톱만큼 득실하게 익은 해바라기, 우리 시골처럼 담벼락에 걸어놓은 손으로 짠 망태들, 양파, 마늘, 나물 말림. 이렇게 깊은 동독의 시골 마을에서 마리가 직접 가꾸며 만드는 마리네 집 풍경이 가끔 생각날 때가 있다.

깊은 마을이다. 깊다고 하면 깊은 산속을 연상하지만, 독일은 산이 없는 들판이 끝없이 이어져 있어 깊은 들판을 지나는 곳에 자리 잡은 마을이다. 동독에서 도시를 벗어나면 버려진 집들이 참 많다. 들판에 비어 있는 집을 나는 구름의 집, 바람의 집이라고 부른다. 누가 그랬던가. 떠도는 구름도 바람도 잠시 머물 집이 있어야 한다고. 맞다. 흐르고 지나가고 불어오고 피어나고 멀리서 바라보는 것들에게도 머무를 집이 있어야 한다. 그래야 외로워 보이지 않는다. 여행자도 그렇다.
언젠가 저 집에서 잠을 자고 음식을 먹고 대화를 나누고 창문을 열어놓고 구름과 별과 꽃을 바라보던 주인들은 모두 어디로 갔을까. 텅 빈 집 앞에서 혼자 여름을 났을 해바라기가 고개를 숙이고 있다. 아무도 봐주지 않는 보라색 꽃들이 빈집 마당에 가득 피었다. 풍경은 누군가 그것을 바라봐주었을 때 진정한 풍경이 된다.

떠도는 구름도 바람도 잠시 머물 집이 있어야 한다고. 맞다.

흐르고 지나가고 불어오고 피어나고 멀리서 바라보는 것들에게도

머무를 집이 있어야 한다. 그래야 외로워 보이지 않는다. 여행자도 그렇다.

돌아가는데 사람이 늘 그리웠던 마리네 아이들의 얼굴에 아쉬운 표정이 역력하다. 아이가 들고 있던 해바라기를 불쑥 내민다. 마리가 잼이며 수예품들을 바리바리 싸준다. 떠나면서 자꾸 마리네 동네와 마리네 집을 뒤돌아본다. 바람과 구름이 머물다 가는 집, 햇빛이 창문으로 들어왔다가 아무도 살지 않아 혼자 놀다 가는 집, 마당에 핀 꽃들이 새로운 주인을 기다리는 집, 겨울이면 오후 4시만 돼도 어두워 등불을 켜야 하는 집, 도시에서 두 시간이나 가야 나오는 집, 남편 차로 학교에 간 아이들이 돌아올 때까지 그 집에서 간이 농사를 짓고 꽃을 심고 열매를 따고 즙을 내고 수예도 하는… 언젠가 한국에 한 번 가보고 싶다는 마리.

내가 가진 수많은 창문 중에 한 창문을 열면 마리네 집이 나온다. 아이들의 왁자지껄한 목소리, 구들방의 온기, 따뜻한 마음…. 그 집에는 독일에 살면서도 100퍼센트 한국인의 피가 흘러 늘 한국이 그리운 마리가 살고 있다. 마리네 집에 가보고 싶다. 겨울 지나 봄을 맞이하는 들판 위의 집.

이렇게 멋져지기까지
오십 년이 걸렸습니다

우리나라는 61세가 되는 생일을 환갑이라 하여 사람들을 불러 잔치도 벌이지만 독일은 50세가 되는 생일을 아주 성대하게 차린다. 우리나라의 환갑과 독일의 50세는 그 개념이 다르다.

예전에는 우리나라 사람들의 수명이 짧았다. 그래서 60세까지 사신 것을 기념하고 이어 무병장수를 기원하며 잔치를 했던 것이 그대로 이어져 환갑을 의미 있게 지낸다.

그러나 독일의 50세는 기독교에서 유래한다. 오십 년 만에 한 번 돌아오는 희년Jubilee, 기쁜 해의 개념이다. 희년에는 종이 되었던 사람들이 해방되고 땅을 빼앗겼던 사람들도 다시 되찾게 된다고 한다. 기독교의 희년은 소외 계층이 없는 자유와 평등의 사회를 이루려는 제도이다.

하노버에는 마리네 집처럼 조각을 하는 독일인 미하일과 사진을 하는 한국인 벗 유관호가 결혼하여 스물세 해째 살고 있다. 그들이 결혼하기 전부터 알았으니 둘 다 오랜 벗이다. 그곳에서 그들은 두 아이를 낳고 큰아이를 하노버 음대에 보냈다.

라벤더를 보러 남프랑스로 가는데 때마침 미하일의 50세 생일을 차린다고 했다. 프랑크푸르트에서 자동차를 렌트하여 곧장 남프랑스로 내려가려 했던 벗 윤 교수와 나는 남프랑스와 반대 방향인 독일의 북부 도시 하노버로 향했다.

미하일은 아스팔트 조각을 한다. 아스팔트는 도시의 도로에 깔리기 시작해서 문명의 이미지를 가지고 있지만 사실은 땅속 깊이 묻혀 있던 식물과 미세한 해양 유기물, 공룡이나 대형 동물 등의 사체가 오랜 세월을 거쳐 쌓이며 생긴 석유의 찌꺼기이다. 그러니까 미하일의 작업 재료와 소재는, 그리고 콘셉트는 천연 퇴적층에 수십만 년 동안 잠든 자연에서 비롯된 것이다. 주 작업은 아스팔트를 재료로 하지만, 생계 수단으로 건물 앞에 세워놓는 돌을 조각하기도 하고 산 혹은 언덕 전체를 조경하는 조각도 한다.

힘든 일을 해서 그런지 음식도 많이 먹는다. 매사가 농담이다. 유머가 상당히 풍부하고 뛰어나다. 한 번은 꽤 오랜만에 아내와 하노버에 간 적이 있었는데 미하일이 하노버 기차역 안 플랫폼으로 마중 나와 있겠다고 했다. 기차에서 내려 아무리 찾아보아도 미하일이 없었다. 그때 수염이 덥수룩한 독일 남자가 아내에게 다가와 이렇게 물었다.
"Will you merry me?"
미하일이었다. 오 년이 넘어 만났는데 아내를 알아보고 그렇게 농담을 던졌다. 앳된 얼굴이었는데 수염을 길러서인지 몰라볼 만큼 나이가 꽤 들어 보였다.

스물일곱 살에 만났던 청년 미하일이 어느새 50세가 되어 독일에서 파티를 한단다. 그가 다니는 성당이었다. 토요일 낮 12시부터 시작, 그가 아는 벗들이 모두 찾아왔다. 손에는 조그만 선물이 하나씩 들려 있었고 저마다 자기 집에서 만든 디저트를 가져왔다.
마리도 왔다. 동네에서 따 온 너무나 예쁜 열매들이 수북이 담긴 접시와 들꽃을 꺾어 넣은 생일 축하 카드와 직접 만든 컵케이크를 내놓았다. 부인의 어머니가 오셔서 차린 한국식 뷔페에 이어 미하일의 독일 벗들이 디저트로 내온 케이크, 치즈, 티라미수, 과일 절임, 빵…. 파티는 밤까지 이어졌다. 친구들이 축하 공연도 하고 아이들이 연극도 하고 하노버 음대에 들어간 딸이 노래를 불렀다. 모두가 즐거운 표정이었고 자연스럽게 먹고 마시고 웃다가 돌아갔다.
"한국에 한 번 오고 싶다며! 왜 안 와?"
마리에게 물었다.

"엄마의 나라 한국을 보여주고 싶어 아이들과 꼭 한 번 가고 싶은데 남편이 돈을 못 벌어서 못 가요."
그녀가 대답했다. 안타까운 말인데 웃음이 나왔다. 한국말이 조금 서툴러서 '아기 가졌어요'를 '애 뱄어요!'라고 말하던 그 말투가 떠올랐기 때문이다. 아이들이 한국 김을 너무 좋아한다고 해서 돌아가면 김 한 박스를 보내주겠다고 했다. 그녀가 그토록 그리워하는 한국에 아이들하고 꼭 한 번 올 수 있길 빈다.
사진작가인 부인이 파티의 마지막으로 그동안 찍은 사진들을 동영상으로 틀었다. 미하일의 어렸을 적부터 그의 부모님과 함께했던 장면들, 결혼하여 아이를 키우는 오십 년사가 그 동영상에 들어 있었다. 몬티 파이튼의 영화 〈브라이언의 생애Life of Brian〉 엔딩곡이 흘러나왔다. 마지막 장면에서 십자가에 매달려 죽음을 눈앞에 둔 브라이언에게 옆 십자가에 매달린 사형수가 인생의 밝은 면을 보라며 부르는 노래이다. 심각하지 말고 두려워하지 말고 가볍게 인생을 즐겨라. 이 노래를 십자가에 매달린 사형수가 부르자 다른 사형수들도 따라 부른다.
Always look on the bright sight of life~
동영상이 바뀔 때마다 그 노래를 그녀가 부른다. 우리도 따라 부른다.
Always look on the bright sight of life~
항상 인생의 밝은 면을 봐라.

"Will you merry me?"

미하일이었다. 오 년이 넘어 만났는데 아내를 알아보고 그렇게 농담을 던졌다.

앳된 얼굴이었는데 수염을 길러서인지 몰라볼 만큼 나이가 꽤 들어 보였다.

für Michael
dem Sonnen-
Geburtstagskind

그렇게 살아온 미하일의 오십 년.

그가 입은 노란 티셔츠에는 독일어로 이렇게 쓰여 있었다.

"이렇게 멋져지도록 오십 년이 걸렸습니다."

하노버의 봄

하노버는 독일 북부에 위치한 지역이라서 몹시 춥다. 유럽의 날씨는 흐리고 습해서 겨울이면 추위가 살을 파고든다. 흐린 날씨가 계속되는 곳에서 추위를 견딜 때 꼭 필요한 것은 김치찌개이다. 비 오는 날 부침개가 제격이듯 자글자글 끓여낸 매콤한 김치찌개의 국물 맛은 추위와 함께 외로움에 시린 뼛속까지 따뜻하게 어루만져준다. 추운 하노버의 도시에도 그러나 봄은 온다.
봄! 그 짧은 한 단어 속에 들어 있는 슬프도록 아름다운 것들이여! 살아내고 살아가는 모든 것의 희망이여! 수십 겹의 안개처럼 오래 걷히지 않던 흐린 날씨가 사라지고, 힘겨워 보이는 하늘 아래 비틀거리며 내려오는 햇빛 한 줌을 바라보면 눈물이 난다. 아,

이 낯선 독일에서의 봄이라니!
조각을 하는 미하일과 사진을 하는 유관호가 사는 집에서 십 분만 걸으면 하노버의 린든 거리가 나온다. 린든 마을의 집들은 독일의 다른 지방처럼 창문을 꽃으로 장식하거나 외관을 색칠하지 않아 아기자기한 맛은 없지만, 왠지 걷다 보면 한국의 70년대 거리를 걷는 듯한 느낌이 든다. 적당히 낡고 정겹고 소박한 거리.
그곳에 편안한 커피집이 있다. 20여 평 남짓한 가게의 창가에 앉아 린든 거리를 걸어가는 사람들과 지나가는 전차를 바라보는 오전 11시. 모두 학교로 직장으로 간 그 시간의 느림과 한갓짐을 즐긴다. 허리 굽은 할머니가 봄 햇빛을 듬뿍 받으며 내가 앉은 창 앞을 천천히 지나간다. 그 할머니를 바라보며 저 독일 할머니의 머리 위로 얼마나 많은 봄이 왔다 간 것일까, 생각에 잠겼는데 커피숍 문을 열고 미하일의 부인이 들어온다.

1968년 체코슬로바키아에서 일어났던 민주화 운동을 다룬 영화 〈프라하의 봄〉처럼 독일에 진정한 봄이 온 것은 1960년대 말에서 1970년대 초이다. 히틀러 나치 치하에서 독일은 1, 2차 세계대전의 전범 국가로 많은 전쟁을 일으켰고 유럽의 여러 나라에 상처를 주었으며 독일 또한 오랜 전쟁으로 인해 피폐해졌었다. 전쟁이 끝나자 독일인들은 폭격으로 무너지고 파괴된 것들을 복구하느라 정신이 없었다. 그리고 1960년대 그들은 빠른 성장과 함께 어느 정도 경제적인 안정과 여유를 되찾았다.

그런데 당시 전후 세대인 독일의 젊은이들이 전쟁을 일으켰던 부모 세대에게 반기를 들고 일어났다. 어른들에게 질문을 하기 시작한 것이다. '당신들은 전쟁 때 무엇을 했습니까?' '왜 전쟁을 일으켰습니까?' '왜 자유를 위해 싸우지 않았습니까?' 그러면서 권위와 전통과 보수적 사고방식으로 가득 찬 당시 독일 사회를 완전히 뒤바꿔놓았다. 여자들은 거리로 뛰어나와 자신이 가슴에 차고 있던 브래지어를 불태우며 남녀평등을 주장했다. 반전과 계급주의 타파를 외쳤고, 교수와 학생 사이의 권위주의와 거리감을 없애고 히틀러의 전쟁을 재조명하며 사과할 것을 요구했다.

1970년 노벨평화상 수상자이자 독일의 수상을 지냈던 빌리 브란트가 전쟁 후 처음으로 폴란드를 방문한다. 폴란드는 나치에 의해 가장 많은 피해를 받은 나라 중 하나이다. 2차 세계대전 당시 희생된 유대인을 추모하는 기념비 앞에서 독일 수상이 갑자기 무릎을 꿇고 눈물을 흘렸다. 텔레비전 생중계를 통해 폴란드 국민들이 이 장면을 보고 모두 울었다. 독일이 일으킨 전쟁으로 죽어간 수많은 사람에 대한 빌리 브란트의 진심 어린 사과와 참회로 폴란드는 물론 전 유럽이 독일을 용서하고 신뢰하기 시작했다.

그러나 무릎을 꿇고 눈물을 흘리며 사죄를 한 것은 비단 독일의 수상만이 아니었다. 빌리 브란트라는 훌륭한 지도자와 함께 진정으로 독일을 생각하는 열린 젊은이들이 있었던 것이다. 이 계기로 독일은 통일 독일의 급진전을 이루었으며 현재 유럽 사회의 기틀을 맺는 나라가 된 것이다.
독일과 일본의 차이가 바로 그것이다. 잘못한 역사가 있으면 참회하고 반성하며 그것을 기틀 삼아 새롭게 발전해야 하는데 일본은 그것을 감춘다는 것이다. 인정하지 않는 것이다. 아니 왜곡한다는 것이다.

창가에 앉아 그녀에게 독일의 민주화에 대한 이야기를 더 듣는다. 주인이 따뜻한 커피를 더 따라준다. 창밖에서 천천히 걷던 할머니는 창가를 지나 건너편 대각선 정류장에 서 계셨다. 전차를 타실 모양이다. 할머니의 이마로 떨어지는 봄 햇빛이 참 곱다. 어쩌면 저 할머니도 젊었을 당시 독일의 권위주의와 계급주의를 타파하기 위해 거리로 나와 자신의 브래지어를 벗어던지고 불태웠을지도 모른다는 생각이 들었다. 그러고 보면 지금 이 삶, 이 순간이 그냥 저절로 이루어지는 것은 하나도 없는 것 같다.
빌리 브란트가 한 유명한 말이 있다. "상황은 비관적으로 생각할 때만 비관적인 것이 된다." 긍정적으로 열어놓고 받아들이면 비관적인 상황도 긍정적인 상황으로 바뀐다는 그 말뜻을 그녀는 독일에 살면서 힘들 때마다 마음속에 새긴다.
그녀는 씨앗으로 사진 작업을 한다. 사람들이 씨앗을 가져오면 손바닥에 씨앗을 올려놓고 사진을 찍는다. 그리고 1센트 동전을 넣은 봉투에 씨앗을 담아준다. "씨앗은 긍정이고 희망이고 이제 시작입니다!"라는 말도 해준다. 수많은 사람의 손바닥 위에 놓인 씨앗 사진, '씨앗 은행' 그것이 그녀의 작업이다.

독일 하노버에서 스물세 번째 봄을 맞는 그녀는 이제야 비로소 독일에 정착한 것 같다고 말했다. 추운 겨울일수록 봄이 더 기다려지듯 추운 북부 독일 하노버에서 그녀는 이제 씨앗을 내려 뿌리를 뻗고 싹을 틔우나 보다. 오래된 땅일수록 거름이 많은 것처럼 마음 밭에 쌓인 독일 생활에서의 오랜 그리움과 연민과 슬픔 또한 거름이 되어 싹은 더욱 푸르리라.

린든 거리 카페에 앉아 그녀가 정착한 봄 속의 낡고 오래된 풍경을 바라본다. 전차가 들어온다. 봄 전차! 아! 그 말이 나도 모르게 나왔다. 그녀가 뒤를 돌아보았다.

"저것 좀 봐! 전차가 봄꽃들로 가득 차 있어! 꽃 전차네."

우리가 바라보는 먼 별빛이 과거의 빛이듯이

지금 바라보는 풍경도 이미 과거이다.

풍경은 모두 과거일 뿐

현존하는 미래의 풍경은 이 세상에 없다.

그리운 것은
모두 달에 있다

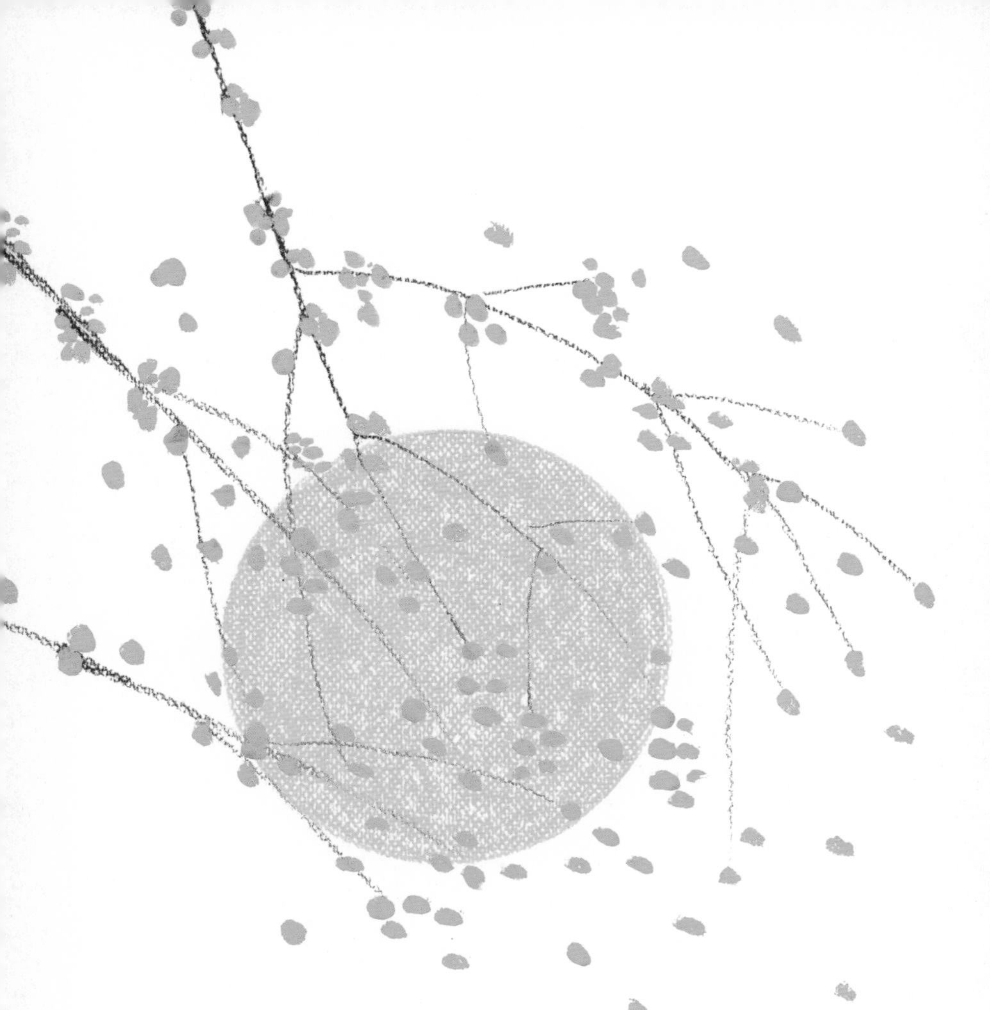

꽃들이 달빛 아래 떨어져 내리고 있다
누가 왔다 간 것일까 이 밤 그 황홀함과
뜨거움에 혼절하는 꽃들을 보다가 이 세상
을 살다 가는 모든 화려하고 아름다운 것들
은 외롭다는 생각이 들었다 눈을 감고 바라
보아도 환한 그 속을 전생이라 불러 본다
문득 아주 오래전 봄날이 떠오르는 것 같은
봄 속의 봄 속의 봄··· 2015

봄 속의 봄

⋮

꽃들이 달빛 아래 떨어져 내리고 있다
누가 왔다 간 것일까
이 밤 그 환함과 뜨거움에
혼절하는 꽃들을 보다가
이 세상을 살다 가는
모든 화려하고 아름다운 것들은
외롭다는 생각이 들었다
눈을 감고 바라보아도
환한 그 속을 전생이라 불러본다
문득 아주 오래전 봄날이 떠오르는 것 같은
봄 속의 봄 속의 봄…

봄 속의 봄

달빛이 내려올 때마다 문득 옛날에 이 세상을 살다가 사라진 것들이 분자로, 단자로, 혹은 어떤 에너지로 남아서 여전히 살아 있다는 생각이 든다. 백 년 전 이 자리에서 큰 울음을 터트리고 태어나 사랑하고 미워하고 그리워하며 치열하게 살다 간 사람, 오백 년 전, 천 년 전…. 그런 것들이 어둠 속 달빛에 재생되며 내려올 때가 있다.

고요한 밤. 세상은 얼마나 오래되었는가. 그 어느 쯤에 와서 나는 살고 있는 것일까. 달빛 아래 바람이 펄렁 어떤 풍경을 들출 때, 늑골 깊숙이 잊혔던 기억이 자꾸 떠오르려 할 때. 저 달빛에 무엇을 찍어 발라야, 무엇을 섞어 빚어야, 아니면 어떤 비밀번호를 입력해야 또 다른 버전 속에 있는 당신을 불러들일 수 있을까.
마당에 심었던 분꽃이 훌쩍 자라 달빛을 받고 활짝 피었다. 허리를 숙이고 들여다보는데 머리 위로 뜨거운 바람 같은 것이 펄렁 지나갔다. 내 전생이 생각나려다가 그만 까마득하게 잊혀버렸다.
목구멍 가득히 울컥 올라오는 것이 있어 다시 고개를 들어보니 화들짝 피었던 벚꽃들이 달빛 속에 떨어져 날렸다. 누가 왔다 간 걸까. 그 환함과 뜨거움에 혼절하는 꽃잎들을 보며 이 세상을 살다 가는 모든 화려하고 아름다운 것은 외롭다는 생각을 했다. 그렇게 꽃들도 속절없어서 화려하게 쓸쓸한가 보다.
눈을 감고 바라보아도 환한 그 속을 전생이라고 불러본다. 문득 아주 오래전 봄날이 떠오르는 것 같은 봄 속의 봄 속의 봄.

아드리아 해의 달

젖은 눈동자보다 젖은 눈썹이 더 슬프다. 그래서 아름답다. 그 눈썹에 맺힌 물방울처럼 아드리아 해의 저녁은 세상을 다 안다는 듯 사연 많은 여자의 깊은 미소 같다. 파도에 휩쓸리고 깎이면서 바다보다는 지상의 삶을 택한 모래들 쪽으로 우아, 우아 몰려오는 그리움 같은 것들.

저녁 항구는 돌아오는 것보다 떠나가는 것이 더 많다. 배낭에 구름을 넣고 다니는 사람들, 주머니에 밤 기차를 넣고 다니는 사람들. 돌아보면 생은 상처받은 사랑 같은 것이어서, 그 시간을 찾아 다시 와서 살다 가는 것이어서, 아드리아 해안가에서 바라보는 불빛들은 마치 신혼 첫날밤 돌아오지 않는 남편을 밤새 불을 켜고

기다리는 신부 같다. 그래서 모두 애틋하고 아련하다.
햇빛에 반짝이는 잔물결을 순우리말로 윤슬이라고 한다. 아드리아 해로 내려오는 달빛에 반짝이는 물결은 우리 모국어로 표현할 수가 없다. 그것은 반짝인다, 가 아니다. 번지다, 도 아니다. 달빛이 배다, 스며 배었다가 나온다, 라는 표현이 더 어울릴 것 같다. 해안가에서 밀려온 불빛과 어우러지는 달빛은 또 하나의 세계를 만들고 그 속에 배어 살아가는 이야기를 만든다. 환영幻影이다. 눈앞에 있지 않은 것이 있는 것처럼 보이는 것. 우리가 살아가는 세상처럼 말이다.
아드리아 해에 뜨는 달은 먼동 같다. 수밀도水蜜桃 같다. 그 나라의 습도를 가득 머금고 뜨는 달. 크로아티아는 11월부터 3월까지가 우기雨期이다. 그렇게 춥게 느껴지지는 않지만 습도에 스며 있는 한기가 살 속 깊이 파고든다. 달은 여행지에 따라 그 빛깔들을 다르게 연출한다. 파란 달, 노란 달, 연둣빛 달, 구릿빛 달, 보라의 달…. 물론 계절에 따라서도 다르다. 우기에 만난 아드리아 해의 달은 과즙이 듬뿍 들어 있는 복숭앗빛이었다.
5800킬로미터에 이르는 긴 해안가 풍경을 자동차에 실려 한없이 바라보다가 문득 내가 어떻게 여기까지 왔을까, 라는 생각이 들었다. 이십 년 전이었다. 발칸전쟁이 한창일 때 종로에 있는 영화관에서 〈비포 더 레인Before the Rain〉이라는 영화를 본 적이 있다. 보스니아 내전에 휘말린 연인의 비극적인 운명을 세 단락의 이야기

로 담은 영화이다. 영화 속에서 폭력에 희생되는 사람들을 보는데 거기에 펼쳐지는 배경이 너무 아름다웠다. 우리나라 육이오 전쟁 중에 피난을 가던 소설가 박완서 선생님은 부서진 집들 사이 목련나무 한 그루에서 하얀 목련이 가득 피어나는 것을 보고 이렇게 말했다.

"아휴! 징그러워."

인간은 폭력과 전쟁으로 얼룩져 있는데 아무렇지 않다는 듯이 그들을 배경으로 펼쳐지는 파란 하늘, 하얀 목련꽃들은 부조리다. 그래서 징글맞도록 아름다운 것이다. 그랬다. 영화는 시종 진지하고 암울했는데 그 영화에서 보이는 풍경들이 징글맞도록 아름다웠다. '언제 한 번 꼭 가보고 싶다'고 생각하며 아드리아 해를 머릿속으로 그렸었다. 영화가 끝나고 자장면 한 그릇 사 먹을 돈도 없었는데 가보고 싶다는 생각이, 어떤 습習이 나를 여기까지 오게 했다.

마음이나 정신이나 DNA, 유전자에 축적된 성향이 지금의 나를 만들었고 지금의 이 세상에 오게 했고 너를 만나게 했다. 그것이 습이다. 당신이 지금 여기에 와서 사는 것도, 당신이 내 옆, 내 앞, 내 뒤에 있는 것도 습이다. 이십 년 전 내가 영화 〈비포 더 레인〉을 본 것도 습이고 이십 년 후 이곳까지 오게 된 것도 습이다. 여기에 오자마자 빗방울을 맞은 것도 습이고 비가 와서 점심으로 헝가리식 얼큰한 굴라쉬 수프를 먹은 것도 습이다. 이 글을 쓰게

된 것도, 읽고 있는 당신도 나와 얽힌 습이다.
구름의 습은 빗방울이다. 빗방울로 내리며 지상에서 만났던 모든 살갗을 구름은 하늘에 떠서 그리워한다. 그렇듯이 지상의 땀 냄새를 맡으며 내리는 빗방울의 습은 구름이다. 지상을 내려다보며 떠다니던 파란 하늘의 날들을 추억한다. 이들도 이렇게 하늘의 전생과 땅의 이생을 오가며 공존하고 있다. 그렇게 모든 것은 사라지지 않고 어딘가에 남아 분명 또 다른 무엇인가로 다시 온다.
그러니까 습은 인연이다. 숙명이다. 그 연결된 습들과 끊임없이 부딪치고 만나고 먹고 사랑하고 싸우고 배우면서 습을 품격 있게 성장시키는 것이 우리가 이 세상을 살아가는 이유다. 그래서 영혼의 결이 좀 더 높아지는 것.
아드리아 해에 오게 된 이유를 이렇게 거창하게 습의 인연과 숙명으로 늘어놓다니. 그런데 그때는 정말 그런 생각이 들었다. 사뭇 진지하고도 시공을 뛰어넘는, 축축이 젖어 깊이 배어 들어온 감성들. 아드리아 해의 달이 그랬다. 아침의 먼동이 아니라 밤의 먼동 같은 달은 시공마저 초월시킨다.
아드리아 해의 풍경은 모두 아름답겠지만 진미는 저녁이다. 해가 떠 있는 저녁부터 해가 지기 시작하는 저녁, 그리고 어둠이 내리는 시간까지 아드리아 해는 수시로 몸을 바꾼다. 구불구불 언덕을 넘어 모퉁이를 돌아 잠시 눈앞에 사라졌던 바다가 다시 들어오면 바다는 또 변해 있다. 굴곡진 해안을 길게 따라가며 어둠이 내릴

수록 그 색깔들이 변화하는 것을 볼 수 있다. 능선을 넘어갈 때 계곡 사이로 언뜻 보이는 바다는 비밀스럽다. 해안을 따라 흩뿌려져 있는 수많은 섬. 대부분이 무인도란다.

저녁은 떠나기도 하지만 돌아오기도 한다. 햇빛이 말리는 꾸덕꾸덕한 노을 저편으로 사라지면 그곳이 미래이자 과거이다. 이곳과 저곳이 스치는 교차선에서는 어떤 추억이든 찬란하고 눈부시지 않으리. 슬픔마저도.

그렇게 아드리아 해의 저녁을 지나, 길고 긴 몸의 아름다운 곡선을 지나 도달한 밤. 술집에 앉아 크로아티아에서 유명하다는 독한 자두 술을 마신다. 술잔에 달빛이 부푼다.

달에 가다

어렸을 때 툇마루에 앉아 보름달을 보며 그 속을 동경한 적이 있다. 저곳에는 누가 살까. 누구나 한 번쯤 달을 보며 복숭앗빛 둥근 달 속에 들어 있는 몽환적 이상향을 그리곤 했을 것이다.

계림桂林. 짧게 머물며 내가 받은 그곳의 인상이 바로 그런 곳이었다. 보름달 속 계수나무가 자라고 토끼가 방아를 찧는 평화로운 마을. 밝은 달을 배경으로 병풍처럼 펼쳐지는 둥근 산들. 달 속에서 흘러나오는 은빛 강물과 물고기들.

계림의 모든 풍경은 달을 닮아 있다. 초승달을 닮은 돛단배, 그 사이를 지나가는 둥근 바람과 구름들, 지붕 아래 이마가 빛나는 달의 남자들, 부푼 달의 둥근 가슴을 지닌 여자들. 세상에 둥근 모든 것은 아름답다.
"물 아래 밝은 달이 있고, 물 위로 밝은 달이 떠 있네. 물이 흘러도 달은 가지 않고, 달이 가도 물은 흐르지 않네."
계림의 수월동에 전해져 내려오는 「화수월동和水月洞」이라는 시이다. '계림산수갑천하桂林山水甲天下'라고 불릴 만큼 계림의 산수는 세계 최고이다. 아열대 기후, 연평균 기온 19도. 거리마다 계수나무가 심어져 있고 강변에는 버드나무들이 늘어져 있다.
이곳이 무릉도원인가. 단지 시골이 아니라 자신의 본성으로 돌아가라는 시 「귀거래사歸去來辭」로 알려진 중국 최고의 시인, 도연명의 『도화원기桃花源記』에 묘사된 이상향 무릉도원을 토대로 만든 세외도원世外桃源이 계림에 있다.

이강漓江을 따라 배를 타고 양쉬로 가는 도중 동굴이 나왔다. 어두운 그곳을 나오자 분홍 복숭아꽃들이 강변을 따라 즐비하게 피어 있었다. 계림은 3월이면 복숭아꽃이 만개한다. 유채꽃도 들판을 온통 노랗게 물들인다. 분홍색과 노란색 그 사이로 장맛비가 내린다. 그곳은 3월부터 5월까지 장마이다.
세외도원을 지나 배에서 바라보는 양쉬로 가는 풍경이 너무 아름다워서 밖으로 나가 비를 맞으며 끊었던 담배를 피웠다.

"여름에 한 달 동안 이곳에 머물며 공부해야지."

함께 간 친구가 먼저 배 위에 올라와 담배를 피며 말했다. 문득 책을 읽고 학문을 연구하는 것만이 공부가 아니라는 생각이 들었다. 이곳에서 풍경을 읽고 산천의 품격과 둥근 산들이 만들어내는 인자한 선을 바라보며 뒷짐을 지고 하루 종일 거니는 것. 원만한 저 풍경들이 주는 덕과 품성과 선禪을 마음으로 배우는 것이야말로 참공부라는 생각을 했다. 모나고 뒤틀어지고 용렬하고 투덜거리는 내 성격이 저 산과 강과 구름을 닮는다면, 닮아간다면, 아! 나도 신선이 되고 싶다.

—

아름다운 날에는 홀로 밖으로 나가
지팡이 옆에 두고 잡초 뽑고 밭을 매자
동녘 물가 언덕에 올라 휘파람을 불며
맑은 물 바라보며 시를 읊자
자연에 순응하여 자연으로 돌아가니
이를 즐거워한다면 무엇이 또 아쉽겠는가?

—

도연명이 쓴 시의 일부이다. 비 내리는 배에서 천하제일의 산수를 바라보며 이강에서 직접 잡은 강새우와 장수어 튀김을 먹었다. 계림의 38도 술과 함께. 뱃속이 뜨거워지며 가슴에서 뜨거운 복숭아

계림의 모든 풍경은 달을 닮아 있다.

초승달을 닮은 돛단배, 그 사이를 지나가는 둥근 바람과 구름들,

지붕 아래 이마가 빛나는 달의 남자들, 부푼 달의 둥근 가슴을 지닌 여자들.

세상에 둥근 모든 것은 아름답다.

꽃이 피는 것 같았다. 비 오는 풍경에도 향기가 있었다. 그 향기는 더웠다. 사랑을 할 때처럼.

그렇게 배를 타고 이강을 거슬러 양숴에 도착했다. 양숴에는 계림의 빼어난 산수를 배경으로 장예모 감독이 연출한 공연이 매일 밤 두 번씩 열린다. 이것을 보러 비를 맞으면서도 수천 명의 사람들이 몰려든다.

강을 터전으로 살아가는 어부와 농민들이 배우로 출연하며 실제 그 마을 사람들의 삶을 보여주는 공연은 장관이다. '인상유삼조印象劉三祖'라는 이 공연은 16개 봉우리에 조명을 쏘며 600명의 출연진들이 자연을 배경으로 펼치는데, 마치 수묵 산수화에 음악과 조명이 어우러진 그야말로 몽환적인 무대다.

이처럼 자연을 배경으로 장예모 감독이 연출한 공연이 두 개가 더 있다. 중국 윈난성 리장의 해발 3100미터 설산을 배경으로 현지인 500명으로 이루어지는 전통가무공연 '인상여강印象丽江', 그리고 중국 항저우의 호수를 배경으로 한 공연 '인상서호印象西湖'가 그것이다.

세 공연 모두 그 지역 주민들을 동원하여 마을 전통을 가무로 표현했으며, 출연진이나 공연장의 규모가 무지 크다. 그러나 더 중요한 것은 모두 자연을 배경으로 했다는 점이다. '인상서호'의 음악을 맡은 기타로는 이렇게 말했다.

"나는 자연에서 영감을 얻는다. 나에게 어떤 곡은 구름이고 또 어떤 곡은 물이다."

한 시간 동안 비를 맞으며 양쉬에서 펼쳐지는 환상적인 공연을 보고 돌아와 숙소 앞에 있는 양꼬치구이집에서 술을 마셨다. 빗속에서 펼쳐진 공연의 색감, 소리, 규모가 마치 거대한 스피커로 음악을 듣고 났을 때의 감동처럼 술을 마시는 내내 가슴을 울렸다.

문득 달에서 공연을 해보고 싶다는 생각이 들었다. 언젠가 달을 배경으로 달 옆을 지나가는 구름과 별과 기러기들이 출연하여 공연하는 날이 올 수도 있을 것이다. 사람들은 달 속에서 실제로 계수나무 꽃이 피고 토끼가 방아를 찧고 둥근 산 밝은 무릉도원에서 펼쳐지는 몽환적인 달의 공연을 보며 이상향을 꿈꾸리라. 보름달과 초승달이 뜨는 밤이면 세계의 모든 사람이 달의 공연을 보리라.

계림을 떠나는 날에도 비가 왔다. 배를 타고 이강을 바라보며 무릉도원을 생각했다.

어느 날 무릉이라는 어부가 배를 타고 고기를 잡다가 길을 잃고 헤매던 중 동굴 하나를 지났는데, 그 어두운 동굴에서 나오자마자 지천에 복숭아꽃 유채꽃 등 아름다운 꽃들이 활짝 피어 있는 평화로운 마을을 만났다. 기름진 땅, 풍성한 먹을거리, 인심 좋은 사람들, 빼어난 풍경 속에서 근심 없이 살아가는 사람들을 보고 이곳이야말로 천국이라고 생각했다. 그곳 사람들에게 잘 얻어먹으며 며칠을 보낸 뒤 무릉은 마을을 떠났다. 마을 사람들은 그에게 이곳을 외부 사람들에게 알리지 말라고 당부했지만, 돌아온 무릉은 왕에게 그곳을 알렸다. 무릉이 만났던 그 마을을 수없이 찾아다녔지만 결국 찾지 못했다는 이야기.

도연명이 쓴 『도화원기』의 내용이다. 이 글에서 도연명은 무엇을 말하려 했을까. 무릉이 길을 잃고 헤매다가 이르렀다는 도원, 무릉도원. 그 무릉도원으로 가는 길은 바로 자기 마음으로 가는 길이 아닐까.

서울에 돌아온 날 새벽에도 비가 내렸다. 봄비인가. 추적추적 빗물의 한기가 공항에서 나오는 가로등에 매달려 앙상하다. 그럼에도 불구하고 따뜻하고 환했다. 내 마음에 둥근 보름달과 그 속에 무릉도원이 있다는 것을 알았기 때문이다. 그 이상향을, 무릉도원을 잃지 않으리라. 잊지 않으리라.

중세로 가는 길

당신 집에 가고 싶었지요. 오래된 성벽을 지나, 마차가 지나가던 골목을 건너, 바구니 가득 산에서 따 온 은방울꽃을 팔고 있는 할머니의 미소를 지나, 빵 굽는 냄새가 자욱한 모퉁이 빵 가게를 돌면 단풍잎 손바닥만 한 광장 이층집. 빨간 제라늄이 웃고 있는 창가에서 저녁을 짓는 당신 집에 가고 싶었지요.
하늘이 기우뚱거릴 때마다, 양귀비꽃이 피어나려 할 때마다 구름 사이로 기억나려다가 아뜩 잊히는 당신과 살던 집. 여기서 중세로 가려면 얼마나 걸리나요? 정거장에 서서 물었지요. 밤이면 달을 보고 물었지요. 오지 않는 마차를 기다렸지요. 가을이면 단풍잎 속에 들어 있을 것 같은 당신 집에 가고 싶어 나무 아래 앉아 울었지요.

환하고 둥글게
다시 오게

사 일 동안 단식을 했다. 삼 일은 작심삼일이라는 말이 생각나서 사 일로 정한 것이다. 세월호 침몰로 사람들이 정신적으로 심리적으로 힘들어 하고 몇 달이 지나도록 해결되지 않아 많은 사람이 광화문에 모여 단식을 하고….

모두가 그랬겠지만 매일 그 소식을 듣는 나도 힘겨웠다. 혼자라도 단식을 하자, 생각했다. 그래야만 마음이 편할 것 같고 스스로 짐을 조금이라도 덜어낼 수 있을 것 같았다. 한 명도 살아 나오지 못한 아이들에 대한 미안함, 살려내지 못한 화, 그리고 그것이 오래 계속되자 이제는 거기서 벗어나고 싶은 나만의 위안, 즉 처방 같은 단식이었다.

승객들에게 대기하라고 하고 먼저 배를 빠져나간 선장과 선원들의 모습이 오늘 나와 너의 모습이 아닐까 하는 자책감, 막상 저런 상황이 오면 나는 어떻게 할 것인가, 그런 수많은 생각이 들었다. 어쩌면 우리는 나만 잘 먹고 살아가면 그만이라는 개인 이기주의와 가족 이기주의에 침몰되어 있는 것은 아닌가. 무슨 일이 생기면 개떼처럼 우르르 몰려가 짖다가도 냉큼 잊고, 또다시 냄비에 앉힌 물처럼 와글와글 끓어올랐다가 금세 식어버리는 것이 백의 민족, 동방예의지국, 배달의 민족, 오천 년 역사를 가진 우리의 상징이 되어버린 것은 아닐까.

'나눔'이라는 말은, '더불어 함께'라는 말은 앞에 내세운 정치적 구호처럼 그야말로 딱딱한 돌멩이의 말이 된 것은 아닐까. 일제 식민지 36년, 8·15해방이라니! 무엇에서 해방된 것인가? 그것이 해방인가? 자주독립이 아닌 해방, 신탁통치, 그것도 모자라서 같은 민족 형제들끼리 전쟁을 벌이고 총으로 쏴서 죽이더니, 조그만 땅 반으로 동강 나누어서 남과 북 분단 70년. 우리나라는 어쩌면 남과 북으로만 나누어져 있는 것이 아니다. 여당과 야당, 전라도와 경상도, 보수와 진보, 강남과 강북, 젊은이와 나이 든 이, 너네와 우리. 갈라지고 나누어지고 쪼개져서 나만 잘 먹고사는 이기주의와 나 몰라라 책임 회피로 사라져버리는 슬프고 불쌍한 코리아! 선장의 기다리라는 말에 배에 갇혀 탈출도 시도해보지 못하고 찬 바닷물 아래 잠겨버린 세월호 아이들을 생각하다가 그만

이 비운의 우리나라를 돌아본다.
아침저녁으로 따뜻한 물 한 컵에 소금 대신 된장 반 티스푼을 섞어 마시며 나흘 동안 단식했다. 사 일도 힘든데 몇십 일을 어떻게 할까. 단식을 시작하는 전날 어린 가수 권리세와 고은비가 빗길에 교통사고로 죽었다. 꽃을 피우지 못하고 불의에 이 세상을 떠나가는 사람들을 위해 우리 모두 기도해야 한다. 사고로 인해 젊고 어린 사람들의 죽음에 익숙해지면 안 된다. 잊어버리면 안 된다. 어떤 방식으로라도 무섭고 외로운 밤길을 가는 그들을 위해 불을 켜주어야 한다.
사 일 내내 그들을 위해 〈달꽃밥〉과 〈꽃달〉을 그렸다. 달시도 썼다. 작은 꽃송이 하나하나 그들을 넣어 꽃으로 피어나게 하고 싶었다. 가난한 시절 배가 고팠을 때 명징했던 것처럼 배가 고프니 달꽃들이 잘 그려지는 것 같았다. 여기 이 달그림들은 단식을 하며 그들을 위해 그린 것이다.
잘 가시게, 그대들. 어두운 밤길을 가는 것이 아니라 달빛이 비친 밤길을 오는 것이니, 그대여! 그대들이시여! 살아 있는 이 세상 사람들 그늘을 지우며 달 밝은 밤, 달빛에 꽃을 피우며 다시들 오시게, 환하게 둥글게!

꿈속에서 꿈을 꾸고
또 꿈을 꾸는 것처럼
달 속에 달이 뜨고 또
떠서 우리는 몇 생
을 돌다가 와 어느
봄밤 다시 만날까
달나무. 권대웅

오랜 나뭇가지에서
하더니 손톱 밑 반달만
봐 흰달을볼만하는 저
던 소원이 없을까 봄밤
을 읽다가 나도 어느
어나고 싶었다 꽃이
피고 꽃이 지어 수천
으로 이어져 있는 것 같
다 이태어나고 있다 손톱만
하더니 꽃을 열고 나오는 저 달 좀
꽃 좀 봐 어느 생에서 누가 빌었
던 그늘 아래 저 환한 화엄경
허공의 세월 속에서 다시 피
피고 꽃이 지고 꽃 속에 또 꽃이
수만 번의 봄이 ㅎ나의 긴 꿈
운 봄밤 달을 훔친다
달목련

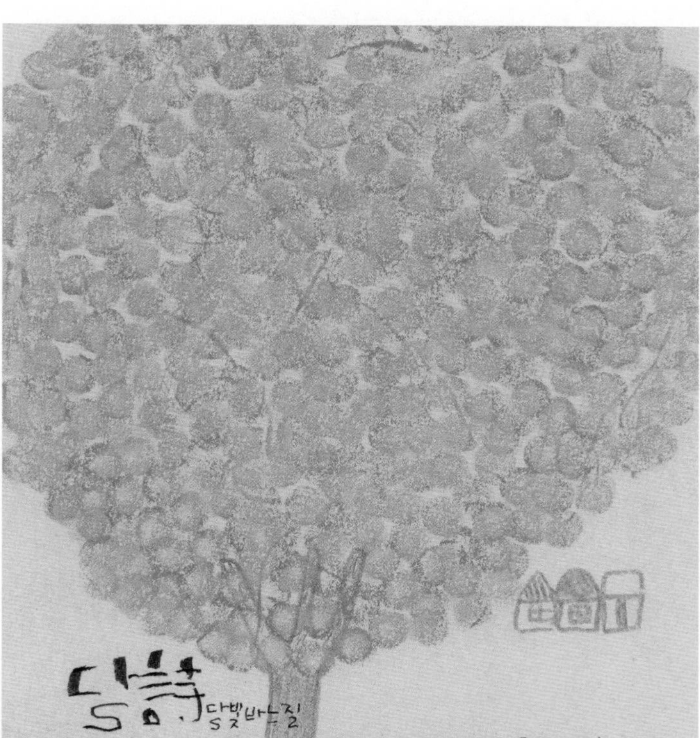

이별도 환했으면
어둠속 묻히는 것 아니라
사라지는 것 아니라
비추는 것이었으면 뿌
리까지 환한 꽃방속
에 잠이 들다가 깊고도
먼 어느 날 어떤 빛이
그대 눈가를 두드리면
아슬아슬한 꽃으로
피어 다시 오라 이별
이 그렇게 환했으면
밤길을 가는 것이 아니
고 오는 것이었으면 봄
밤에 피어나는 환한
꽃달처럼 살아있는
사람들의 그늘을 지우는
것이었으면 권대웅

꽃달

⋮

이별도 달처럼 환했으면
어둠 속
묻히는 것 아니라
사라지는 것 아니라
비추는 것이었으면
뿌리까지 환한
꽃방 속에 잠이 들다가
깊고도 먼 어느 날
어떤 빛이 그대 눈꺼풀을 두드리면
아 달이 분만한 꽃으로 피어
다시 오라
이별이 그렇게 환했으면
밤길을 가는 것이 아니고
오는 것이었으면
봄밤에 피어나는 환한 꽃달처럼
살아 있는 사람들의 그늘을
지우는 것이었으면

삶은 스쳐 지나가는 도중

길을 걷다가 어디선가 많이 본 것 같은 사람을 만날 때가 있다. 그래서 가슴을 두근거릴 때가 있다. 같이 가는 것이 아니라 반대 방향에서 서로 마주 보고 지나가다가 스친다는 것. 아, 어디서 보았을까. 한 번 뒤돌아본다는 것. 다시는 이렇게 만나는 일이 없을 그 짧은 시간에 때로 아주 긴 일생이 흘러가는 것처럼 느껴질 때도 있다.

그런 적이 있었다. 아무도 없는 한적한 골목길을 지나가는데 저 앞에서 긴 치마를 입은 여인이 걸어왔다. 10미터, 5미터, 3미터… 서로 마주 보며 걸어오는 순간, 바람이 펄렁 불었다. 그녀의 치마가 수수러지더니 그만 우산이 펼쳐지듯 뒤집어졌다.

그때 나는 보았다. 그녀의 길고 흰 다리 위 환한 꽃방 속에 켜져 있던 흰 등을, 그 속으로 흐르는 구름을…. 골목길 어느 집인가. 담장 위로 목련꽃이 하얗게 피어 있었다. 골목에서 삼사여 분 그녀와 스치는 동안 삼십 년이 지나간 것 같았다. 어느 생에 봄날 내가 당신을 만난 적이 있었을까?

보스니아의 수도 사라예보에서도 그랬다. 1984년 동계올림픽에서 우리나라 탁구 선수 이애리사가 금메달을 땄을 때 나는 처음 사라예보라는 도시를 알았다. 그때 텔레비전에서 중계한 그 나라에 대한 특집을 보면서 나는 사라예보가 말로만 듣고 가보지 못한 프랑스 파리보다 더 아름다운 나라라고 생각했다.
그리고 그 후 내전이 있었다. 그래서 위험지역이라 더더욱 갈 수 없는 먼 나라였다. 그런 나라에 첫발을 디뎠을 때 모든 것은 새롭다. 늘 바라보던 나무도 불어오던 바람도 그 나라에 가면 의미가 달라지고 증폭된다. 하물며 사람은 아니 그러하겠는가.
세계에서 가장 예쁜 여자가 백러시아, '하얀'을 뜻하는 '벨라bela'와 '러시아'를 뜻하는 '루스rus'를 합친 벨라루스Belarus 여자라고 한다. 그런데 아니다. 내가 본 세계에서 가장 예쁜 여자는 무슬림 여자들이다. 물론 그들이 얼굴을 가리고 다녀서 신비스러움도 있겠지만 실제로 내가 본 무슬림 여자들은 모두 예뻤다.
사라예보에서 스쳐 지나간 그녀도 참으로 아름다웠다. 아랍계와 달리 이곳의 무슬림 여자들은 비교적 자유로워 보였다. 아랍계 여자들이 머플러(질밥jilbab)로 얼굴 전체를 가리고 눈만 보이게 하는 것과 달리 그녀들은 수녀처럼 얼굴을 모두 드러내기도 한다.

보스니아의 한 애국 청년이 사라예보를 방문한 오스트리아 황태자 부부를 암살하여 제1차 세계대전의 시발이 된 비극의 현장 라틴 다리를 지나, 바슈카르지아Bascarsija라는 사라예보의 구시가지로 들어가는 길에 번화가가 있다. 비가 내려 촉촉이 젖은 그 길로 무슬림 여인 몇 명이 걸어왔다.
그중 멀리서 봐도 눈에 띄는 무슬림 여자가 일행들과 10미터 5미터 3미터… 내 앞을 지나가고 있었다. 동양 남자가 거의 없어서인지 얼굴이 흰 그녀가 큰 눈동자로 나를 쳐다봤다. 0.3초? 그렇게 잠시 눈을 맞추고 스쳐 지나갔다. 사라예보에서 스쳐 지나간 그 무슬림 여자에게 어떤 의미를 부여해 상상하거나 증폭시키고 싶지 않다.
그런데 그렇게 그녀들이 지나가고 얼마 후 사라예보 구시가지 광장에 이르렀을 때 문득 불교의 그런 말이 떠올랐다. 옷깃 한 번 스치는 것도 전생에서 500겁의 소중한 인연이 있어야 한다는 말. 자주 듣던 말이었음에도 불구하고 문득 그 말이 생각나자 갑자기 아주 먼 나라에서 잠깐 스친 무슬림 여자가 소중해지고 안타까워지고 아련해졌다.

여행이란 그런 것이다. 평소에 아무 생각 없이 스쳐 지나가던 모든 것이 인연으로 되살아나는 것이다. 여행지에서 만나는 구름, 느닷없는 소나기, 길바닥의 돌 하나에도 역사가 담겨 있고 사연이 보이는 것이다. 심지어 집에 두고 온 오래전 입던 옷도 그리워지고 그 옷에 얽힌 사연도 떠오르는 것이다. 매일 보아도 보이지 않던 내 방 천장의 무늬까지 떠오르기도 하는 것이다.

스쳐 지나가는 것, 스쳐 지나왔던 것들은 가슴을 두근거리게 한다. 어쩌면 우리가 살아가는 이유 중 하나도 당신과 옷깃을 스치기 위한 것인지도 모른다. 이 세상 기쁨과 슬픔과 웃음, 눈물과 사랑을 스쳐 지나가기 위한 것인지도 모른다. 그것이 0.3초든 육십 평생이든… 전생을 스치고 이 생을 스쳐서 500겁을 스친다는 것, 그 한 곳을 나는 지금 스쳐 지나가고 있다.

등 뒤에 있는 것들

모두가 뒤돌아볼 겨를 없이 산다고 말한다. 그러나 아니다. 사실 모두 시시때때로 뒤를 돌아보며 산다. 그럴 수밖에 없다. 우리는 앞날을 볼 수 없고 예측할 수 없기에, 모두 살아온 날들로 가늠해야 하기에 늘 뒤를 돌아보며 산다. 그러면서도 뒤돌아볼 겨를이 없다는 것은 보지 않기 때문이다. 보지 못하기 때문이다. 우리는 역방향으로 앉아 가는 기차 승객처럼 앞은 보지 못하고 뒤만 보고 산다. 그러면서도 매 순간 앞만 생각하기 때문에 광활하고 아름답고 여유롭게 뒤로 펼쳐지는 겨를을 두지 못하는 것이다. 여행은 앞이 아니라 뒤다. 기차를 타고 비행기를 타고 멀리 앞으로 가는 것이 아니라 먼 뒤로 가는 것이다. 내가 있기 아주 오래전에도 있었던 저 뒤편 과거를 만나러 가는 것이다.

미래란, 앞날이란 늘 미증유未曾有의 불안이어서 아홉 개를 가지고 있으면서도 열 개를 채워야 하기에 없는 것이고, 없다고 말하는 것이고, 그래서 겨를이 생기지 않는 것이다.

프라하에는 백 개의 첨탑이 있다. 일일이 세어보지 않았지만 프라하 성이나 높은 언덕에서, 아니 어느 곳에서든 바라보면 둥근 지붕의 바로크 양식과 높고 뾰족한 고딕 양식이 한데 어우러져 높은 첨탑들이 파란 하늘 아래 무척 숭고해 보인다. 한때 나도 높은은첨탑처럼 고고하고 고상한 신비주의 시인이 되고 싶었다.

1140년에 지었다는 스트라호프 수도원 안 삼층 다락방 창문으로 프라하의 높은 첨탑들을 오랫동안 바라보았다. 1140년이라니! 뒤로 오기도 참 멀리 왔다는 생각이 들었을 때 문득 유난히 높은 두 개의 첨탑이 마치 달팽이의 뿔 같아 보였다.

달팽이가 이 풀잎에서 저 풀잎 끝까지
기어가는 속도. 그것을 천 년이라 부르자.
그것이 중세의 시간이라고 말하자.

저마다 바쁘지만 겨를을 내어 여유 있게,
그러나 서둘러 오가는 하루 수만 명에게
뒤를 내주는 프라하는 그러니까 아직

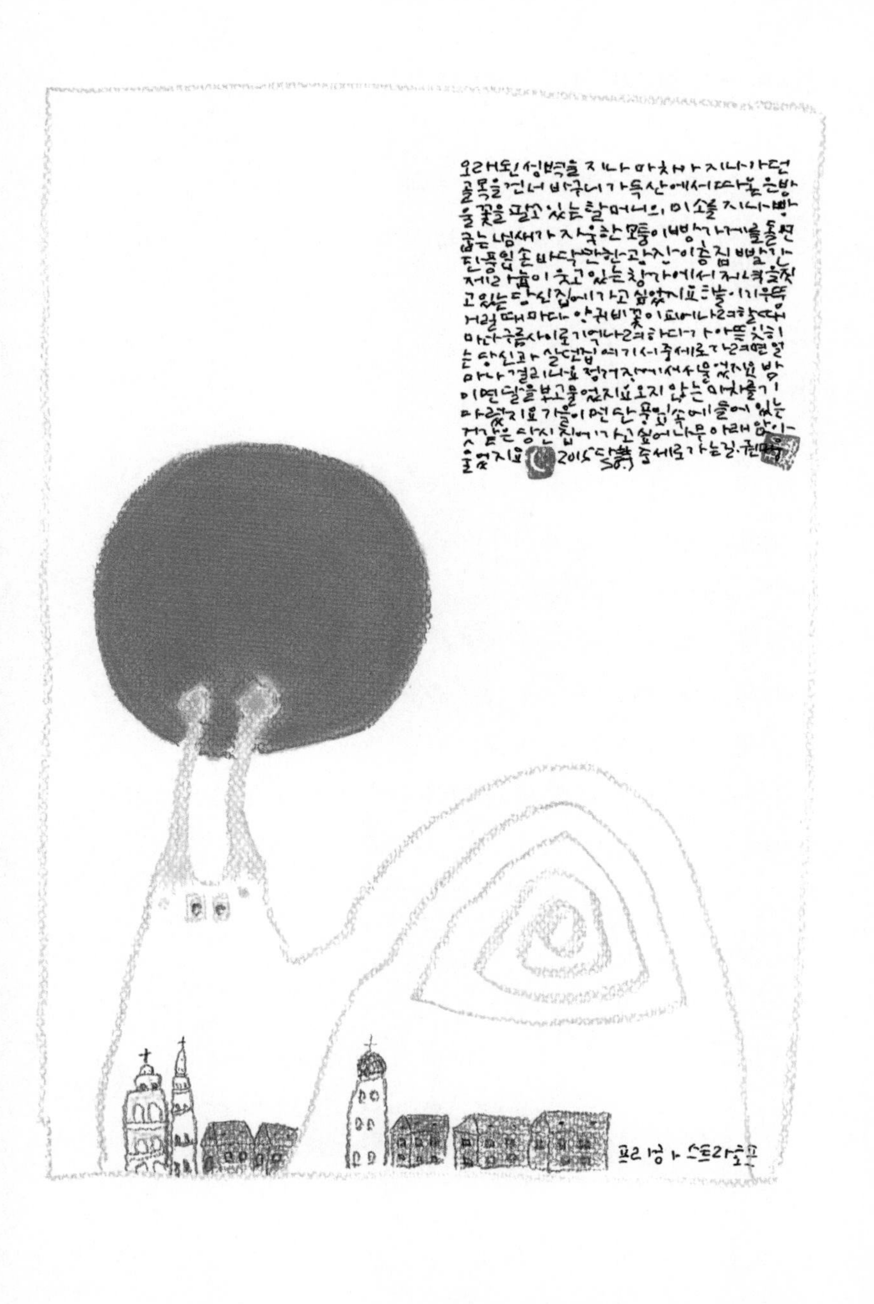
오래된성벽을지나마차바퀴가지나가던
골목을건너바구니가득산에서따다놓은방
울꽃을팔고있는할머니의미소를지나빵
굽는냄새가자욱한모퉁이빵가게를돌면
진홍빛손바닥만한고갱지-이층집베란다
제라늄이웃고있는창가에서저녁을짓
고있는당신집에가고싶었지요그날이기우뚱
거릴때마다안개비꽃이피어나려할때
마다구름사이로기억나려하다가아득한히
는당신과살던집에가서죽세로가려면얼
마나걸리나요정거장에서서울었지요밤
이면달을보고울었지요오지않는마차를기
다렸지요가을이면단풍잎속에들어있는
것같은당신집에가고싶어나무아래앉아
울었지요 2015 죽세로가는길
프라하 스트라호프

중세의 풀잎 위를 느리게 기어가는 중이다.

뒤에 있는 것들은 모두 위대하고 거대하다.
하느님, 부처님, 사랑, 나눔들은
모두 뒤에 있다.
마치 걸어가는 아이를 팔짱을 끼고
바라보는 어머니처럼.

달도 그렇다. 언제나 앞에 보이는 것 같지만 그렇지 않다. 늘 당신을 뒤따라다닌다. 당신이 아무리 멀리 떠나거나 달아나도 당신을 뒤에서 바라본다. 지켜준다.
내 등 뒤에 있는 너무나 밝고 커다란 것들. 눈을 감고 풍경을 떠올린다. 역방향으로 앉아 가는 풍경을, 그 살아온 날과 시간과 불빛들, 사랑들, 아, 눈물들….
그것들을 바라보고 품이 넓게 감싸 안으며 뒤를 향해 앞으로 가는 생을.

풍경의 과거

습기 없는 밤의 풍경은 머금지 않고 뱉어낸다. 다만 어둠이 그것들을 흡수해서 보이지 않을 뿐이다. 건조해서 더 아름다운 어둠에 숨어버린 풍경을 달빛은 재생시킨다. 달빛의 연금술. 아, 부서지는 금빛 어둠 속에 드러나는 환영들.
풍경으로 건너간 내 시선은 이미 내 것이 아니다. 우리가 바라보는 먼 별빛이 과거의 빛이듯이 지금 바라보는 풍경도 이미 과거이다. 풍경은 모두 과거일 뿐 현존하는 미래의 풍경은 이 세상에 없다.
문장을 쓸 때 '바라보았었다'라고 쓰기보다 '바라본다'로 쓰는 경우가 많은 것은 무의식적으로도 내가 바라보고 있는 풍경이, 삶이 과거가 아니라 현재이기를 원하기 때문이다. 그렇다면 지금 이 순간은 어디 있는가.
흘러가는 강물에게 물어본다.
"네가 있는 지금 이 순간은 어디니?"
강물은 그저 끊임없이 흘러갈 뿐이다. 지나온 과거와 알 수 없는 미래만 있을 뿐. 지금 이 순간이란 달빛이 물살에 닿아 반짝거리다 사라지는 순간일 뿐이다. 눈 깜짝할 새. 어떤 현상이나 일이 순간적으로 이루어지는 그때. 그것을 찰나刹那라고 한다. 불교에서는 그것을 1초를 75개로 나눈 것 가운데 한 조각이라 일컫는다. 광대한 우주의 시간에 견준다면 우리 인간이 태어나서 죽는 시간 역시 찰나이다. 강물이 그 찰나를 느끼지 못하고 흐르는 것처럼 우리도 그렇다.
매 순간 찰나를 포착하고 느낄 수 있다면 우리는 영원에 가닿을 수 있을까. 그럴 수 없다. 지금 이 순간, 찰나는 정지하지 않고 지나가기 때문이다. 살아 있는 것들 중에는 멈춰 있는 것이 없다. 나무는 한자리에 선 채 정지해 있는 듯하지만 그도 어딘가를 지나가고 있다. 여름날 매미 소리, 가을밤 귀뚜라미 울음, 한겨울에 내리는 눈, 아름답게 피어난 봄꽃들…. 모든 것이 자신의 과거를 만들어놓고 어디론가 지나가는 것이다.
어느 날 문득 풍경을 바라보다가 저 풍경들이 모두 지나간 과거라는 생각에 슬퍼졌다. 당신의 '사랑해!'라는 말도 '사랑했어!'

로 지나가고 미소, 포옹, 만남 또한 웃었었어! 안았었어! 만났었어!…로 지나간다.

아드라아 해는 전형적인 리아스식 해안이다. 노을 지는 저녁 그 해안을 자동차로 달리다 보면 붉은 노을과 그 노을에 반사된 구름, 수시로 색깔을 연출하는 바다와 구불구불한 해안가에 켜지는 불빛이 한데 어우러져 눈물이 날 만큼 아름답다. 그 풍경들이 보이는 숙소 앞 술집에 앉아 술을 마시며 밤새 그 풍경들을 바라보았다.
구름이 어둠 속에 몸을 감추고 바다도 거대한 어둠으로 사라질 무렵 달이 떴다. 낮과 저녁의 풍경에서 다시 밤의 풍경으로 재생된 바다와, 바다를 끼고 구부러진 해안 마을들은 과거여서 잡히지 않는 환영 같은 또 다른 여행지다. 집을 떠나온 불빛들이 자기가 갈 수 있는 만큼의 바다에 머물며 재생하는 풍경의 삶. 그 환영의 풍경과 이 삶의 현존하는 풍경을 동시에 비추는 아드리아 해의 달.
밤이 지나면 모두 사라질 풍경처럼 우리가 살아내는 것들도 언젠가는 이 세상에서 사라질 풍경이라는 것. 존재하면서도 존재하지 않는 것. 그러니까 풍경은 언제나 멀리 있는 것이고 지나간 것들이다. 나도 너도 우리 모두도 과거의 풍경인 것이다. 모든 삶과 풍경이 과거이기 때문에 우리는 지나간 것들은 모두 아름답고 소중한 것이라고 말한다.

영원과 같은 찰나가 있다.
지평선 너머로 붉게 태양이 넘어가는 순간
밤하늘에서 별똥별이 떨어지는 순간
풀잎 끝에 매달린 투명한 이슬이
떨어지려는 순간
마음을 울리는 책의 마지막 장을 넘기는 순간
길고 긴 꿈에서 깨어나는 순간
당신의 깊은 눈과 마주치는 순간

목련이 피는데 꽃 속에서 뱃고동 소리가 들리는 것 같다. 목련은 피어나는 동시에 하늘 항구로 떠나는 것 같다. 북항. 아드리아 해에서 바라보던 저녁노을처럼 붉은 자목련이 피어나는 것을 '후드득!'이라고 불렀다. 꽃을 보는데 후드득! 쓸쓸했다. 그 환한 쓸쓸함을 '찬란'이라고 불렀다.

타지마할의 달

타지마할의 달

⁝

영원히 지지 않는 꽃이 있어
갠지스 강물에서 반짝이는 햇빛과
보리수나무 위로 펄럭이던 노을
한 점 한 점 떼어와 빚은
흰빛 위에 둥근 달 한 송이
빨강과 노랑 눈부신 물방울 같았다가
사막에 오아시스 같았다가
비가 오면 페르시아꽃처럼 투명하게 푸르러져
과거 현재 미래 모두를 피는 꽃
행복한 눈물이었어
이십이 년 동안 한 여인에게 바쳐진
영혼의 서사시였어
사랑을 잃은 당신에게 헌화하기 위해
오체투지로 이 생을 건너오다가
무릎이 닳아 가벼워진 구름 궁전이었어

타지마할의
달

영원한 사랑이란 있을까. 없다! 라고 사람들은 말한다. 그러나 아니다. 모든 사랑은 영원하다. 사랑이 영원하지 않다고 말하는 사람들은 보이는 사랑만 했고 보이는 사랑만 알고 있기 때문이다.

사랑했던 사람과 헤어졌더라도 그 사랑이 지금 내 눈앞에 보이지 않고 만나지 않는다 해도 한때 그 사람을 진정 사랑했더라면 그리워했고 보고 싶었고 그래서 만났더라면 그 사랑은 없어진 것이 아니다.

사랑해~. 귓가에 대고 따스한 입김으로 그 밤에 했던 말도 사라진 것이 아니다. 사랑했던 그 순간의 강한 파동은 우주 어딘가에 남아 있다. 그래서 그 주파수로 언젠가 당신에게 다시 온다.
사랑하는 사람이 이 세상에 없어졌더라도 사랑은 없어진 것이 아니다. 몸이 없어진 것이지 마음이나 기억, 영혼은 사라지지 않았다. 골목길을 걷다가 문득 뒤돌아보고 싶어질 때, 햇빛 아래 갑자기 눈물이 날 때, 바람도 불지 않는데 나뭇잎이 흔들릴 때, 이 세상을 떠난 사랑이 분자 혹은 에너지로 온 것이다.
사랑했던 사람을 이 세상에서 떠나보내고 오래 힘들어 하는 사람을 만났다. 그에 대한 사랑이 그리움이 너무 커서 잊을 수가 없었다. 남은 자의 슬픔은 남은 자밖에 모른다. 나는 슬프고 힘든데 하늘은 그래도 여전히 파랗고 세상은 아무렇지도 않게 건강한 것이 싫었다. 그래서 그는 이렇게 생각하기로 했다.
당신은 이 세상을 떠난 것이 아니다. 지구 저 반대편, 혹은 세계의 끝 아르헨티나, 페루, 연락이 안 되는 아프리카의 깊은 오지 같은 곳으로 의료봉사를 나간 것이라고!
의사였던 남편을 그렇게 멀리 여행 보내고 나서 그녀는 슬픔에서 어느 정도 벗어났다고 한다. 그리고 그에 대한 또 다른 사랑을 하게 되었다고 한다.
지금 눈앞에 보이지 않아도 만질 수 없고 목소리를 들을 수 없어도 침묵으로 그를 사랑하고 기다리는 것. 아침에 출근한 당신을 보내고 저녁 혹은 늦은 귀가를 기다리는 것처럼.
그러다가 갑자기 와락 보고 싶어져도 당신이 멀리 출장 갔을 때의 마음처럼 그렇게 일 년, 십 년, 이십 년을 기다리는 사랑. 기억 속에 영원히 늙지 않은 젊은 당신 기다리며 당신과 또 다른 사랑을 만들어가다가 곱게 나이가 든 그녀. 이제 곧 그 남자를 만나러 갈 생각에 가슴이 두근거린다는 그녀.

세상에서 아름다운 말 중에 하나가 영원永遠이야!
존재나 가치가 시공을 초월하여
끝없이 지속되거나 변함이 없는 것.
어떤 방식으로든 끝없이 이어지는 것.

인도 아그라 타지마할에서 그런 사랑을 만났다. 이 세상을 떠난 한 여인에게 바쳐진 한 남자의 영원한 사랑. 그녀의 이름은 뭄타즈 마할이었고 왕비였다. 그녀가 아이를 낳다가 죽자 머리가 하얗게 셀 만큼 충격이 컸다는, 남편이자 황제인 샤 자한은 그녀를 그리워하며 그녀가 이 세상을 떠났다가 다시 와서도 영원히 살 수 있는 궁전을 지었다.
온갖 보물과 미술품, 공예품들을 그녀가 잠든 타지마할 궁전에 바쳤다. 1632년에 짓기 시작하여 이 궁전을 완성하는 데 22년이 걸렸고 연간 20만 명과 1000마리의 코끼리들이 동원됐다고 한다. 결국 국고를 탕진하고 그녀에게 다 바친 것이다. 타지마할Taj Mahal이란 '마할의 왕관'이라는 뜻이다. 이런 최고의 왕관을 죽어서도 받을 수 있는 그녀의 사랑은 얼마나 영원할까.
유네스코 세계문화유산에 등재될 만큼 세계에서 가장 아름다운 궁전으로 손꼽히는 타지마할은 건축의 아름다움과 당시의 기술, 그 안에 소장된 유물들, 그리고 궁전을 지은 시기도 높이 사지만 그보다 한 여자에 대한 한 남자의 숭고한 사랑이 담겨 있어서 더 가치 있는 것이다.
타지마할! 그 왕관은 정말 성스러웠다. 밤이었다. 풀 문full moon. 달이 가득 찬 밤. 한 달에 꼭 이틀 밤, 그것도 정확히 삼십 분 동안만 밤의 타지마할을 개방한다. 밤의 타지마할을 보려면 낮부터 신청서를 내야 하고 신청이 접수되면 인도 군인들의 안내(감시가 더 맞을 것 같다)를 받아 타지마할로 들어간다. 소지품 가방까지 모두 맡겨야 하는 것은 물론 삼엄한 검문검색을 통과하면 철망을 쳐놓은 궁전 연못 앞에서 그저 바라보는 것이 전부였다. 타지마할을, 삼십 분 동안만.
햇빛의 각도에 따라 궁전을 바라보는 것도 아름답지만 둥글고 가득 찬 보름달 빛을 받는 밤의 타지마할은 고고하면서도 엄숙했다. 고요했다. 아니 그것은 또 하나의 달이었다. 달의 궁전에서 잠든 그녀. 밤이어도 어둡지 않은 그녀, 환한 그녀. 타지마할의 둥근 왕관과 둥근 달을 바라보다가 문득 저 궁전을 지은 사람들은 달을 사랑했구나! 생각했다. 달을 모델로 궁전을 지은 건축가. 우스타드 이샤라는 이란 출신의 천재 건축가라고 했다.

달에 있는 돌과 달빛으로 지은 궁전. 풀 문이 되었을 때 완성한 궁전. 초승달이었을 때 주춧돌을 쌓았고 반달이었을 때 기둥을 세웠고 보름달이었을 때 둥근 지붕을 올렸을 것이다. 타지마할이 자랑하는 완벽한 대칭미와 곡선미는 달의 각도를 활용했을 것이다. 황제의 그리움과 사랑의 눈물에 달빛을 찍어 빚었을 것이다. 그래서 나는 타지마할을 달의 건축물이라고 말하고 싶다.

지은 지 수백 년이 지나도 많은 사람이 타지마할을 찾는 것은, 궁전을 보며 거기 잠든 왕비를 생각하는 것은 그들이 이 세상을 떠났다 해도 영원한 사랑으로 남았다는 의미이다. 후세에도 계속 전해질 사랑.

그러니까 영원한 사랑은 있는 것이다.

지금 당신, 아프니? 외롭니? 슬프니?

밤이 길고 무섭니? 너무 힘들어서 죽을 것만 같니?

일어나! 그래도 살아! 간절히 원하면 이루어지잖아.

내가
사는 달

달꽃밥

스무살적 우리 엄마 시집와서 처음으로 지은 꽃밥
고운 산수화 수놓듯이 밥알 하나하나 어루만진
그 마음씨 이뻐서 초저녁 하늘에 뜬 초승달이
한 그릇 빌려간 우리 엄마 달꽃밥 권대웅

달꽃밥

⋮

스무 살 적 시집와서
우리 엄마가 처음으로 지은 꽃밥
고운 손으로 밥알 한 알 한 알 어루만진
그 마음씨 이뻐서
초저녁 하늘에 뜬 초승달이
한 그릇 빌려 간 우리 엄마 달꽃밥

달꽃밥

밥이라는 말만 들으면 마음이 따뜻해진다. 배고파봤던 사람에게, 배가 고픈 사람에게 밥은 꽃보다 아름답다. 사연이 있는 밥을 먹어본 사람은, 밥을 먹으며 목이 메어 울어본 적 있는 사람은 밥의 위대함, 밥알 한 알 한 알의 숭고함을 안다.
'밥 먹고 가~' 이 말이 주는 울림, 끌어안음, 쓰다듬, 배려. 그렇게 말해주는 사람. 어렸을 적 어떻게든 밥 챙겨 먹이려는 엄마가 아닌, 다른 사람이 그렇게 말해준다면 그 사람은 따뜻한 사람이다.

지금은 건설 회사 대표가 된 장성배라는 선배가 있다. 가난한 집안의 장남이라서 대학을 포기하고 공고를 졸업했는데 취직이 안

돼서 선배는 집에도 안 들어가고 여기저기 동가숙 서가식을 했었다. 그렇게 여기저기 떠돌다 보니 친구네 집에서 자고 얻어먹는 것도 한두 번이지 미안해서 가끔 공원 같은 곳에서 잤다고 한다.
선배는 늘 배가 너무 고팠다. 문득 절에 가면 밥을 그냥 준다는 말이 생각나 부리나케 절이 있는 산으로 올라갔다. 절 마당에 들어서자마자 밥 공양을 하는 부엌부터 물었다. 정말 그 부엌에는 오가는 등산객이나 불자들이 앉아서 밥을 먹을 수 있는 식당이 있었고 이미 밥을 다 먹은 사람들이 많았는지 빈 밥그릇이 수북했다. 커다란 밥솥도 보였다.
밥솥을 열었는데 밥이 하나도 없었다. 쌓여 있는 그릇도 깨끗이 씻겨 있었다. 오후 3시. 점심 공양 시간이 벌써 지나버린 것이었다. 참담한 심정으로 그곳에서 나와 아담한 법당 앞을 지나가는데 그 길가 조그만 돌 옆에 음식이 버려져 있었다. 제사 음식 같은 것이었다. 제사를 지내고 떠도는 영혼들에게 먹으라고 음식을 조금씩 떼어 밖에 내놓는 일명 고수레였다. 겨울이어서 밥알과 떡이 얼어붙었는데도 선배는 그것을 집어 먹었다고 한다. 그리고 목이 메어 한참을 울었단다.
어느 날 만난 선배의 이야기를 들으며 대학로에서 500원짜리 쥐포에 소주 두 병을 마시다가 나는 울었다. 더럽지 않다. 더러운 밥이 어디 있는가. 자기 뱃속에 들어갔다 나온 밥마저도 더러운 밥은 없다. 그런 밥일수록 꽃밥이다.

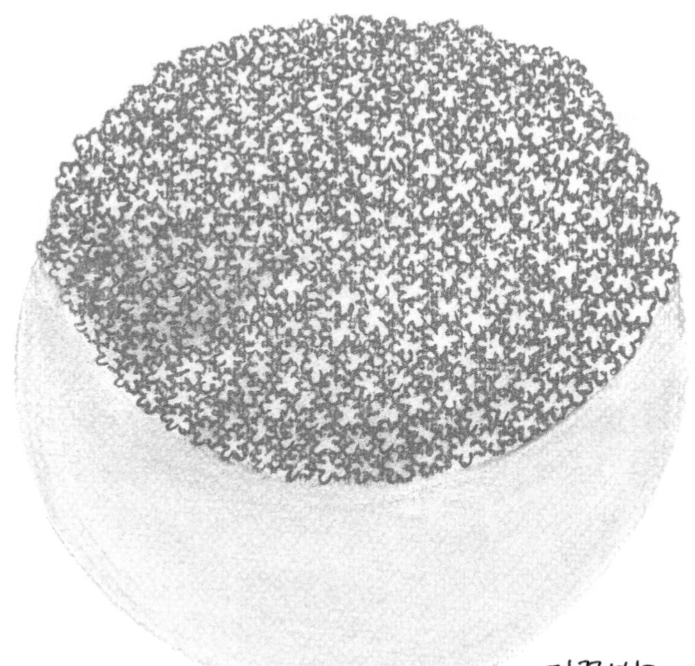

달꽃밥

스무살적 시집와서 우리 엄마가 처음으로 지은
꽃밥 고운 손으로 밥알 하나하나 어루만진 그 마음
씨 예뻐서 초저녁 하늘에 뜬 초승달이 한 그릇 빌
려간 우리 엄마 달꽃밥 달詩 2015 권대웅

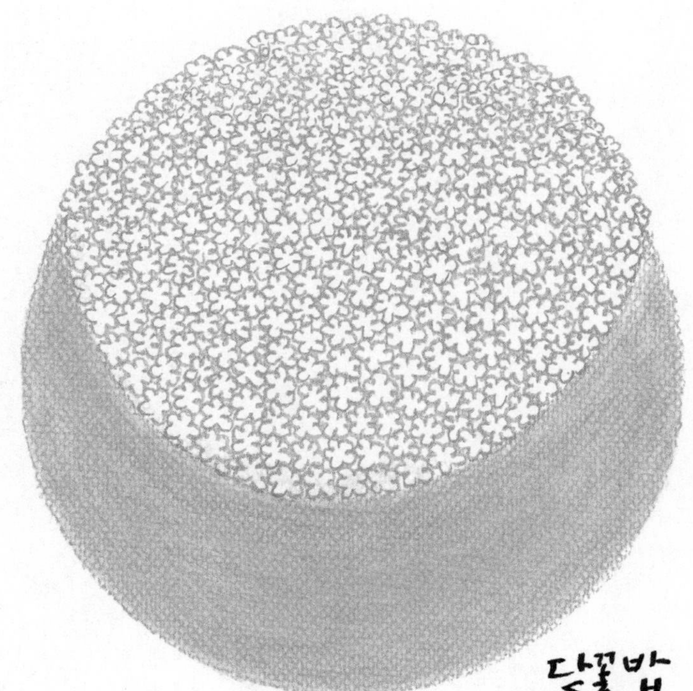

달꽃밥

스무살적시집와서우리엄마가처음으로지은
꽃밥고운손으로 밥알하나하나 어루만진고마
음씨나무에삐비서 초저녁하늘에뜬 초승달이
한그릇빌려간우리엄마달꽃밥

달詩 권대웅
2015

달꽃밥
스무살적 시집와서 우리 엄마가 처음으로
지은 꽃밥 고운 손으로 밥알 하나하나 어루만진
그 마음씨 너무 이뻐서 초저녁 하늘에 뜬
초승달이 한 그릇 빌려간 우리 엄마 달꽃밥

달꽃밥
스무살적 시집와서 우리 엄마가 처음으로
지은 꽃밥 고운손으로 밥알 한알 한알 어루만
진 그 마음씨 이뻐서 초저녁 하늘에 뜬 초
승달이 한그릇 빌려간 우리 엄마 달꽃밥
권대웅

그랬다. 나도. 그 선배처럼 일자리가 없어서 떠돌았다. 지금도 젊은이들이 일자리를 구하기 어렵지만 내가 스무 살 적에도 그랬다. 면접을 보러 지방까지 갔다가 떨어지고 서울행 기차를 타고 돌아와 서울역에서 남대문까지 걸어간 적이 있다. 아침부터 아무것도 먹지 못했다. 배가 너무 고팠다. 남대문 지하도를 지나가는데 어디선가 뭇국 냄새가 코끝을 스쳤다. 아! 내가 좋아하는 소고기 뭇국! 어린 날, 할머니가 연중행사로 소고기 한 근 사 와서 무를 쏠어 넣고 끓여주던 소고기 뭇국.
지하도에서 무료 급식을 하고 있었다. 소고기는 들어 있지 않고 무를 넣고 맛을 내어 끓인 뭇국이지만 그 냄새가 너무 좋았다.
"한 그릇 먹고 가."
뭇국에 밥을 말아 참 맛있게 떠먹던 남루한 노인이 그 앞에서 망설이는 나를 보고 말했다. 나는 줄을 서서 넓은 스뎅 그릇에 뭇국을 받고 밥을 말고 김치까지 넣어 등을 돌리고 남대문 지하도 벽을 바라보며 뭇국을 먹다가 또 울었다. 지겨웠다. 스무 살이. 청춘이. 그야말로 엿 같았다. 밥을 만 뭇국 한 그릇을 꾸역꾸역 다 먹고 남대문 지하도를 나와 하늘을 보았다. 달이 떴다. 초저녁 겨울 초승달. 초승달이 예쁜 밥그릇처럼 보였다.

얼마 전 달그림을 그려서 인사동 '시작'이라는 갤러리에서 달시화 전시회를 했다. 수익금 전액으로 달동네 소년소녀가장을 돕는 전시였는데 가격이 저렴하기도 했지만 모두 다 완판됐다. 그때 아름다운 부인과 함께 그 선배가 찾아왔다. 이십여 년 만이다. 지금은 커다란 건설 회사를 운영한다며 바쁘다고 했다. 술도 담배도 모두 끊어 얼굴도 참 맑아 보였다. 달시화 다섯 점을 사겠다고 점을 찍어놓고 돌아서는 선배에게 나는 이렇게 말했다.

"형! 밥 먹고 가~."

달에게로
가는 택시

"저 달까지 가주세요."
택시를 타자마자 나도 모르게 그렇게 말했다. 다행히 유머가 있는 택시 운전사였다. 씨익 웃으면서 그가 말했다.
"무지 비싼데."
그런데 나는 정말 저 달에게로 가고 싶었다. 술이 많이 취했었다. 오래전 한 친구와 술에 취해 택시를 타고 저 달까지 데려다 달라고 생떼를 부린 적이 있었다. 삶이 좀 누추해지거나 그 친구가 생각나면 나는 아직도 가끔 술에 취해 택시를 타고 버릇처럼 그렇게 말하곤 한다.

숟가락은 눈물을 닮아 있다. 그래서인가. 감동적인 밥이나 사연 있는 음식을 숟가락으로 퍼먹다 보면 눈물이 난다. 삶이란 매양 밥벌이와 연결되는 시간과 만남이 더 많은 것이어서 처음에는 형식적이고 비루하다가도 그것이 길들여지면 우정과 의리가 되어 잊지 못할 추억이 되기도 한다.

내 첫 밥벌이는 아주 남루하고 가난한 곳이었다. 거기서 만난 친구가 있다. 지금은 이 세상에 없는.

결핵성 늑막염으로 방위병마저도 끝내지 못하고 도중에 나와 빈둥거리던 스무 살 적이었다. 길에서 우연히 만난 선배가 놀고 있는 내게 매형이 하는 일을 도와달라고 해서 첫 취직을 했다. 선배는 도움이라고 말했지만 밥벌이가 필요했던 내게는 직장이었다.

깔창 공장이었다. 말이 공장이지 아파트 지하를 임대하여 칸막이로 작은 사장실 하나 만들어놓고 주물로 찍어 온 깔창에 동그란 동판을 붙이는, 이른바 건강 지압 깔창을 만들어냈다. 제약 회사를 다니다가 그만둔 선배네 매형은 그 깔창을 개발한 것에 나름의 자부심을 가졌다.

아파트에 사는 아주머니 서넛이 와서 플라스틱 깔창에 작고 동그란 동판을 끼우면 프레스로 그것을 누르고 포장을 하는 것이 나의 주 업무였다. 깔창에 동판을 끼워 넣는 아주머니들의 수다 속에서 나는 동판이 깔창에 붙게 프레스를 눌러댔고 그것이 쌓이면 비닐 포장으로 압축하여 박스에 넣었다. 하루 종일 아무 말도 하지 않았다. 아주머니들이 연신 '총각'을 불러대며 말 좀 해보라고 해도 나는 그냥 말없는, 아니 말 못하는 어눌하기만 한 총각이었다.
그 공장에서 깔창을 싸게 떼다가 팔던 청년이 있었다. 머리가 살짝 벗어진 것 같지만 나와 나이가 비슷했던, 아주머니들에게 인기 최고였던 총각 청년. 그는 나름 그 공장의 고객이었다. 깔창에 동판을 끼워 넣는 아주머니들의 작업이 개당 3원이었는데, 그 청년은 완성된 깔창을 700원에 사서 버스와 지하철에서 천 원씩 팔았다. 오전에 와서 백 개를 사다가 다 팔고 저녁에 한 번 더 들렀다. 그것도 매일.
"독한 놈이야!"
추운 한겨울에도 밤 12시까지 버스에서 깔창을 파는 그 친구가 하루에 두 번씩 들를 때면 사장은 대단한 놈이라고 말했다. 대단한, 그 친구를 만났다. 공장을 다닌 후 몇 달이 지나서였다. 퇴근 무렵에 깔창을 한 박스 더 사려고 들른 그가 잠깐 이야기 좀 하자고 했다. 분식집에 앉아 라면을 한 그릇씩 먹었다.
여기서 이렇게 단순한 일만 하지 말고 나더러 깔창을 팔아보라는 것이었다. 열심히 팔면 하루에 최소 10만 원, 한 달에 최하 300만 원씩 번다는 것이었다. 그는 내게 자꾸 '사내'라는 말을 썼다. 사내가 하루 종일 아줌마들 속에서 깔창 프레스나 눌러대지 말고 세상 밖으로 나와 부딪치라는 것이었다. 그런데 아아, 나는 도무지 그럴 자신이 없었다. 아줌마들하고도 한마디도 못 하는데 버스와 지하철에서 깔창을 팔려고 외쳐대다니. 라면을 다 먹고 나는 못 하겠다고 했더니 자신을 한 번만 따라오라고 했다. 그에게 끌려가다시피 나는 그의 박스를 메고 버스를 탔다. 그때만 해도 버스에서 물건을 파는 사람들이 많았고 그런 사람들에게는 버스비를 받지 않았다.

그 친구는 참 달변이었다. 구질구질하거나 궁상맞아 보이지도 않았다. "고학을 하는 학생입니다"로 시작하는 20여 초 짧은 스피치, 그리고 깔창을 손님 무릎 위에 올려놓고 수금하듯 천 원씩 걷으면 한 버스에서만 몇 개씩 팔렸다. 밤 9시까지 깔창 박스를 들고 그 친구를 구경했지만 나는 도무지 엄두가 나지 않았다.

그 친구는 내가 글을 끼적거리고 두꺼운 책을 들고 다니는 것이 좋아 보였는지, 아니면 어수룩한 내게 연민을 느꼈는지 참 잘해주었다. 일주일에 한 번 정도 같이 술을 마셨고 비 오는 주말이면 양수리 쪽으로 그 친구를 따라 낚시를 가기도 했다.

술집을 하는 젊은 새어머니와 아버지랑 살다가 새어머니랑 싸워 집을 나왔고, 명문대를 다니던 하나 있던 형이 자살을 했다는 이야기도 들었다. 양수리 강가에 텐트를 치고 밤새 술을 마시다가 술이 떨어지면 강가를 한참 걸어서 버스 종점 구멍가게에서 술을 사 가지고 돌아오던, 그 새벽 안개 자욱하던 양수리 강가를 나는 잊을 수가 없었다.

가난한 집안의 장남으로 태어나 세상에서 가장 무서운 것이 가난임을 알면서도 온 심신이, 의식마저도 가위 같은 가난에 눌려 세상과 싸우지도 못하고 물리치려 하지도 않고 늘 지고 슬프고 고개만 숙이고 있던 시절. 그 친구는 세상과 맞짱 뜨는 법을 알려주었다.

"일억을 모아서 미국에 갈 거야. 술집을 차리고 돈을 모아 호텔을 지을 거야. 가수들 매니저도 할 거야!"

태권도가 3단이었던 친구, 그룹 이글스의 〈호텔 캘리포니아Hotel California〉를 기타로 잘 치던 친구.

일 년 넘게 다니던 깔창 공장을 그만두고 그 친구는 내 기억 속에서 점점 멀어졌다. 세상과 부딪칠 수 없는 용기. 착한 것은 좋은데 명민하지도 못하고 어리숙하고 어중되고 의지박약인, 그런 시절이 있었다. 사랑이 찾아와도 그 기쁨을 쓸 수 있는 방법을 몰라 머뭇거리다가 그 사랑마저도 빼앗기던, 아니 그녀와 함께 밥 먹을 돈은커녕 나갈 차비도 없던, 그런 바보 같고 가난한 청춘이 아직도 그 세월의 정거장에 찬비를 맞고 서 있는 것 같다.

신길동 시장 안, 가게에 딸린 방에서 여름과 가을을 살았다. 친구 매형이 해군 법사인데 전세방으로 얻었다가 해군 아파트에 들어가게 되면서 몇 달간 그 방이 비게 되어 친구 배려로 잠시 지낼 수 있었다. 글 쓰는 친구라는 명분으로 친구 누나는 쉽게 허락해 주었다. 종일토록 그 방에서 하는 것이라고는 돈이 안 되는 글 끄적거리는 일과 책 읽는 일밖에 없었다. 그러다가 며칠에 한 번씩 아지트인 명륜동 목조 찻집 학림다방으로 가서 커피 한 잔 시켜 놓고 하루 종일 클래식 음악을 들으며 책을 읽거나 글을 쓰다가 친구들에게 술을 얻어먹고 돌아오곤 했다.

신길동에서 명륜동 대학로로 가려면 버스를 두 번 타야 했는데 차비가 없다 보니 버스를 한 번만 타고 종로5가에서 내려 대학로까지 걸어가야 했다. 하루는 그 한 번의 버스비도 없어 그냥 무임승차를 했다. 지금은 사라진 마지막 안내양이 있었고 토큰을 사용하던 시절. 버스를 탔는데 지난번 만났던 그 안내양이었다.

"토큰을 안 가져와서…."

지난번에 그렇게 말하고 그 버스 안내양 앞에서 그냥 내렸다. 그러고 보니 그때는 그런 거짓말할 용기라도 있었구나, 라는 생각이 지금 든다. 종로5가가 다가올 무렵 정말 식은땀이 났다. 토큰도 없이 밖으로 나올 만큼 나는 절실했다. 그래야 의리(?) 있는 나의 벗들이 사주는 술도 마시고 돌아갈 때 차비도 얻을 수 있었다.

"저, 토큰을 안 가지고 와서…."

나도 모르게 지난번과 똑같은 말을 하고 말았다. 그런데 지난번에는 "다음에 타면 주세요!" 하던 안내양이 나를 알아보고 말했다.

"상습범이야?"

상습범. 아, 지금도 내가 제일 싫어하고 두려워하는 말이다. 나는 그 말이 충격적이어서 상처를 받았다. 버스에서 내린 나는 더 작

달TAXi
달에게로 가는 택시

아지고 쭈그러졌다. 학벌도 실력도 안 되니 다시 깔창 공장으로 돌아가야겠다는 생각을 했다.

신길동. 텅 빈 방. 밤을 꼬박 새워 책을 읽다가 새벽이면 남은 동전을 털어 집 앞 시장 오뎅 공장에서 방금 뽑아낸 뜨끈한 오뎅을 사 먹기도 하고 그러다 친해져 그냥 얻어먹기도 했다. 늦여름이었다. 창문을 열면 주인집 마당으로 한련화, 분꽃, 샐비어들이 가득 피어나 처량하게 나를 바라봤다. 가끔씩 전투경찰을 막 제대한 이문재 형이 취직자리를 구하러 다니다가 찾아와 벽에 "지구야! 멈추어라. 뛰어내리고 싶다"라고 써놓고 울고 가기도 했다.
며칠을 나가지 않았다. 카프카의 『변신』처럼 그냥 아침에 일어나 벌레나 되어 죽고 싶었다. 자고 나도 잠이 왔고 또 잠이 왔다. 못 일어날 것 같았다. 세상은 너무 정면이었고 삶은 엄마가 늘 말하던 것처럼 되바라져야만 했다. 일어날 수가 없었다. 배가 고파서였기도 했지만 아침에 잠에서 깨도 눈을 뜨기가 싫었다.
그때 그 친구가 찾아왔다. 깔창 공장 다닐 때 만났던 친구. 꿈인가 했다. 어스름 저녁이어도 어두웠던 그 방. 그 친구는 밖으로 나가서 라면 한 박스와 식당에서 팔고 남은 밥을 잔뜩 사 왔다. 깔창을 팔고 버스에서 내려 신길 시장을 지나가다가 내가 이 집으로 들어오는 것을 얼마 전에 보았는데 궁금해서 물어 찾아왔단다. 그가 끓여준 뜨거운 라면을 냄비 뚜껑에 덜어 후후 불며 함께 먹었다.

그리고 밥까지 말아 꾸역꾸역 먹다가 목이 메었다. 라면 국물에 만 밥이 찬밥이어서만은 아니었다. 그냥 내가 너무 한심스러웠다.
"내가 깔창을 팔아보라고 했던 것은, 깔창이라는 물건이 주는 상징이 바닥이잖아! 바닥부터 시작한다는 의미, 왠지 멋지지 않니? 이 깔창을 발바닥에 깔고 사람들은 열심히 돈 벌러 다니는 거야, 밑바닥부터 시작해서 일어나는 거야! 벌어야 해! 뭐가 부끄러워! 밥 먹고 사는데!"
그날 밤 나는 모처럼 밖으로 나가 그렇게 멋진 말을 해준 그 친구와 술을 마셨다. 1차를 거쳐 광장 시장에서 2차를 끝내고 내가 사는 방에 가서 한 잔 더 하자며 택시를 잡았다. 그때 그가 말했다.
"저 달까지 가주세요."
환한 보름달이 뜬 밤이었다. 택시 운전사는 신경질을 부렸고 그 친구가 운전사와 한참 싸웠던 것이 취기 어린 기억 어딘가에 걸려 있다.

뭐가 부끄러워, 밥 먹고 사는데. 그 목소리가 지금도 메아리처럼 남아 맴돈다. 내게 밥벌이의 숭고함을 가르쳐준 친구, 양문석.
스물일곱 살, 내가 「양수리에서」라는 제목으로 모 신문사 신춘문예에 당선되고 이문재 형이 다니던 잡지사 국장 소개로 출판사에 취직하고 얼마 후 깔창 공장 사장에게 전화가 왔다. 그 친구가 간암으로 세상을 떠났다는 소식을 전해주었다.

오랜 시간이 지난 지금 감추어두었던 이 이야기를 꺼내는 것은 어쩌면 그 친구에 대한 고마움과 미안함, 혹은 그 친구를 기억하고 지금이라도 잘 보내고 싶은 내 나름의 의식인지도 모른다. 그 친구를 통해서 밥벌이의 숭고함과 정면인 세상에 맞짱 뜨는 법을 배웠으니까.

삶이란 그런 것 같다. 누구에게나 어려운 시절과 그것을 감당할 수 없는 시기가 있다는 것. 그래서 꼭 한 번, 아니 두어 번 실패와 시행착오를 거친다는 것. 그 상처와 아픔의 과정을 통하여 궁극에는 면역력이 생기고 세상을 직시하게 된다는 것. 그래서 자기 모습, 얼굴에 스스로 책임져야 한다는 나이 마흔 살이 된다는 것. 당신이 가고 있는 마흔 살은 어떤가. 돌아보면 그 곁에는 항상 누군가가 있었다. 어두웠던 나를 켜주던 사람들, 그것이 나를 힘들게 했던 사람이었을망정 그 사람 때문에 내가 깨어나고 새로운 세계에 눈떴다면 그는 내 인생의 도반인 것이다.

그 친구에게 말없이 배운 것이 있다. 한 그릇의 따뜻한 밥을 위해 어느 한 순간이라도 소홀하지 말자는 것. 치타가 토끼 한 마리를 잡더라도 최선을 다해 온 힘으로 달려가는 것처럼 밥벌이 앞에 투덜거리거나 고고하지 말자는 것. 반칙하지 말자는 것.

젊은 새어머니와 아버지 때문에 힘들어 했던 그 친구가, 라면에 밥 말아 먹을 때면 떠오른다. 팔팔했지만 그래서 더 세상이 낯설어 일어날 수 없던 청년 시절, 나를 비추어주었던 친구.

달을 볼 때마다 떠오르는 사람 중에 거기, 그 친구도 있다. 달에서 호텔을 지어 잘살고 있을 그가 보인다. 왼쪽 다리를 꼬고 달의 벤치에 나와 앉아 기타로 〈호텔 캘리포니아〉를 치며 노래를 부르는.

—

캘리포니아 호텔에 잘 오셨어요.

여기는 아름답고

묵을 방도 많이 있지요.

연중 어느 때고

여기서 방을 구할 수 있어요.

치열한
천국

"뉴질랜드는 심심해서 너무 지겨운 천국이고 한국은 신나는 지옥이야!"
뉴질랜드로 이민한 후배가 말했다. 그런데 간간이 소식을 전해오는 그는 심심한 천국에서 심심한 지옥처럼 사는 것 같다. 나는 후자를 택할 것이다. 무료한 천국보다는 야호 신나는 지옥에서 놀 테다.

심심한 천국이 아니라 치열한 천국이 있다. 너무 치열하다 못해 시끄럽고 요란하다. 하노이가 그렇다. 인도에 들어서면 뿌연 공기에 섞인 냄새와 열기가 훅 달려드는데, 베트남 하노이에서는 오토바이 소리가 먼저 쏟아진다. 모두가 오토바이를 타고 쏜살같이 우다다다 달려간다. 거리 가득히 남녀노소 오토바이를 탔다. 임신부, 어린아이를 등에 업은 아줌마, 20대 여인, 노인. 교통수단이 오직 오토바이뿐이다.

하노이 젊은이들이 많이 모인다는 카페에 들어갔다가 깜짝 놀랐다. 의자가 모두 목욕탕 의자다. 카페 안팎으로 오토바이들이 즐비하게 세워져 있어 충무로 오토바이 상점이나 청계천 공구 상가와 흡사해 보인다. 거기서 하노이 젊은이들이 목욕탕 의자에 앉아 커피를 마시고 대화를 나누고 신문을 본다.

밤에 자동차들이 오가는 도로를 사진으로 찍으면 불빛이 길게 이어져 달리는 것처럼 보인다. 하노이도 그렇다. 발전하는 속도가 보인다. 제자리에 가만히 있는 사람이 없다. 모두가 일을 하느라 달려가고 팔고 사고 만들고 배달한다.

베트남 모자 논non을 쓴 여인이 대나무 지게 돈가잉을 어깨에 메고 물건을 판다. 양쪽 대나무 바구니에 30킬로그램 정도를 담을 수 있다. 돈가잉을 멘 사람들은 대부분 여자이다. 베트남에서는 옛날부터 학식 있는 남자들은 일을 하지 않았기 때문에 가족의 생계를 여자들이 책임졌다고 한다. 물론 지금은 아니지만, 그래도 여자들이 무거운 대나무 바구니에 과일과 음식을 잔뜩 싣고 양쪽 바구니 무게의 균형에 맞춰 잘도 걸어 다닌다.

하노이 동수원 시장 옆 먹자골목 좌판에 앉아 우리나라 돈으로

3천 원인 베트남 쌀국수를 먹고 났더니 식곤증이 몰려왔다. 아침 일찍부터 걸어서 피곤했나 보다. 숙소로 돌아가서 잠시 낮잠이라도 자려고 누웠는데 잠이 오지 않는다. 숙소는 조용한데도 귓가에서 요란한 오토바이 소리와 경적과 외침이 끊이지 않았다. 어떤 거대한 기류가 도시 전체를 감싸고 달려가는 것 같았다. 쉴 수가 없었다. 그 기류 때문인가, 나도 모르게 벌떡 일어나 다시 밖으로 나왔다.

저녁이다. 두어 평 남짓 꼬치구이 가게에서 갖은 꼬치를 펼쳐놓고 구워 판다. 자동차와 오토바이와 사람들이 바로 곁으로 분주하게 지나다니는 가게 앞에서 좌판을 펼쳐놓고 목욕탕 의자에 빽빽이 쪼그려 앉아 꼬치 안주에 맥주를 마시는 사람들. 그러다가 단속 교통경찰이 나타나면 전부 목욕탕 의자를 들고 가게 앞으로 바짝 이동하거나 목욕탕 의자를 치운다.

거리와 시장을 한층 바빠 보이게 하는 것은 배달부이다. 하노이에는 무엇인가 배달하는 사람들이 많다. 평온한 한낮의 하노이 시장 좁은 골목으로 지게를 잔뜩 진 사람, 리어카에 물건을 한가득 실은 사람, 머리에 음식을 가득 인 사람들의 발길이 부산하다. 늦으면 안 되는 배달의 바쁜 움직임과 목소리들이 그곳을 펄펄 뛰게 한다.

하노이는 지금 배달 중이다. 아침 점심 저녁 어디론가 쏜살같이 달려가는 사람들이 이동하는 중이라고 생각되지 않고 삶을 배달

하고 다니는 중이라는 생각이 들었다. 저녁이 늦도록 여태 아무것도 팔지 못했는지 대나무 바구니 양쪽에 과일을 잔뜩 멘 베트남 여인이 망고 하나를 내민다. 간절하다. 착한 눈. 삶의 고단함에도 불구하고 참 선한 눈을 가졌다. 망고 몇 개를 샀더니 환하게 웃는다. 너무 고마워한다.

하노이는 치열한 천국이다. 먹고살기 위해, 일하기 위해 자신의 삶을 부지런히 배달 중이다. 천국이란 무엇인가. 일하지 않고 편안하게 쉬는 곳? 걱정이 없고, 무거운 짐도 없고, 조용하고, 아무 할 일도 없는 곳? 아니다. 천국은 그런 곳이 아니다. 살아내기 위해, 먹고살기 위해, 그리고 이 땅에 던져진 자기 삶을 허투루 보내지 않기 위해 갈망하고 열망하고 희망하는 것, 그렇게 힘들지만 그럼에도 불구하고 모두가 나누고 껴안고 모두가 착하고 선한 눈으로 땀을 닦으며 웃는 것. 진짜 천국은 그런 마음이 사는 곳. 그곳이 아름다운 천국이다.

목청

강물 위로 물고기 한 마리가 푸드덕 튀어 오른다. 나도 모르게 "아! 그놈 목청 좋다!"라는 말이 나왔다. 그런 목청이 들릴 때가 있다. 목에서 나오는 목소리를 목청木青이라고 하지만 굳이 사람의 목에서 나오는 소리가 아니어도 참 푸른 소리로 들려오는 것들이 있다. 나뭇가지를 뚫고 새싹 하나가 불쑥 솟아오를 때 그것은 마치 갓 태어난 아기가 목젖이 다 보이도록 목청 좋게 울어대는 것 같다.

가지에 쌓인 눈의 무게를 못 이겨 쩡하고 소나무 가지가 부러질 때, 봄 하늘로 종달새가 날아오를 때, 보리밭의 푸른 보리들이 탄탄하게 익어 올라올 때, 햇빛에 반짝이는 물빛 하나가 눈부시게 비칠 때.
세상에는 빛깔이나 몸짓으로 표현되는 싱싱한 목청들이 참 많이 있다. 그런데 우리는 듣지 못한다. 듣지 않는다. 그런 목청들에는 또 어떤 것이 있을까. 잠시 생각해보자.
빨간 나팔꽃의 목청, 인적 없는 들판을 걸어가다가 누군가 부르는 소리, 나를 봐달라고 여기 좀 보라고 부르는 보라색 쑥부쟁이, 빨갛게 잇몸을 다 드러내고 웃는 맨드라미, 여름날 개울가에 늘어져 흔들리며 개울물을 탁탁 치는 능수버들 가지, 휘파람을 휘휘 불듯 옆 가지로 덩굴손을 내밀며 뻗어가는 덩굴식물. 또 무엇이 있을까. 자연의 이미지들을 떠올리며 하나씩만 찾아보자.
풀 먹여 빤 이불 홑청이 가을 햇볕 아래 빨랫줄에서 팽팽하게 말라 펄럭일 때, 텃밭에 심은 무가 어느새 아주머니 허벅지처럼 굵게 쑤욱 쑥 올라오고 그 위로 싱싱한 무청이 시퍼렇게 소리 지를 때, 비가 그치고 처마 밑에 놓은 깡통 위로 남은 빗소리가 텅! 텅! 떨어질 때.
이렇게 목청 좋은 소리들이 가득한데, 우리에게 신선하고 싱싱하고 푸른 에너지를 주는 소리들이 이토록 많은데 나는, 당신은 왜 듣지 못하고 찾으려 하지 않을까. 목청이라는 말은 사람보다 그들에게 더 어울리는 것 같다.
소리를 지르는 목청은 듣기 싫다. 그것도 나이 든 사람이 부하 직원에게 야단치는 목청은 더 싫다. 산에서 너도나도 야호 지르는 소리도 이제는 싫다. 낮잠 자던 새들 깬다.
목청껏 소리 높여 함성을 질러봐~. 그 함성도 콘서트장이나 경기장 같은 데 있을 때 함께 지르는 것이 좋지 다른 곳에서 들리면 소음이다. 정치인들이 선거 때면 돌아다니며 지르는 목청도 별로 좋지 않다. 문명이 만들어내는 소리도 그리 좋지 않다. 매끈하게 빠진 자동차의 클랙슨 소리, 집 부수는 소리, 굉음. 그렇다면 사람에게 좋은 목청은 어떤 것이 있을까. 찾아보자. 생각해보자.
깊고 외롭고 고요한 겨울밤 골목 멀리 지나가며 들려오는 소리, 메밀묵~ 찹쌀떡~. 추운 밤 누군가 나와서 한 개만이라도 팔아주었으면 하는 간절한 목소리. 그리고 정말 정겨우면서 목청 좋은 소리가 있다. 시장에서 아주머니가 물건 파는 소리, 푸드덕 튀는 싱싱한 고등어 같은 팔뚝마저도 목청을 가지고 있다. 빨갛게 얼어붙은 코와 볼, 살아 있는 입김, 그리고 생선 사라고 배추 사라고 크게 외치는 목청은 건강하고 순박하다 못해 질박하다. 그리고 눈물겹다.
사는 게 힘들다고? 겨울 저녁 시장에 나가보라. 거기서 외치는 밥벌이의 숭고함, 세상 어느 목소리보다 푸르고 아름다운 목청을 들어라.

세상에서 가장 시끄러운 소리

이석증이라는 증세가 있단다. 귓속 깊은 곳에 있는 이석이라는 물질이 평형반에서 제자리를 지키지 못하고 떨어져 나와 반고리관을 돌아다니면서 어지럼증을 유발하는 증세라는데, 얼마 전 나도 그 증세에 대해 처음 알게 되었다. 모 회사 홍보실에서 오래 근무한 친구가 있다. 홍보실 차장이 되었을 때 이 친구는 부장이라는 직함을 달기 싫다고 했다. 승진을 하기 싫다니? 이유는 부장까지 달면 회사를 그만두어야 하기 때문이다. 대기업에는 각 부서의 부장들이 많은데 진급은 삼각형 구조여서 부장 위로 모두 실장, 상무, 전무이사로 승진할 수가 없는 것이다.

그러던 그 친구가 곧 홍보실장이 되더니 고위 임원직인 상무로 승진했다. 친구의 걱정이 덜어져서 나는 소식을 듣고 기뻤다. 고교 시절 같은 문학반이었고 대학 주최의 전국 백일장에 참여하여 함께 상도 타고 했던 오랜 친구이다. 가난한 집 막내아들이었던 그. 겨울에는 포장마차를 하며 학비를 벌기도 했다.

이 세상에서 가장 무서운 것이 무엇이냐고 누군가 나에게 물었던 적이 있다. 그때 나는 서슴지 않고 "가난!"이라고 말했다. 가난하면 배가 고프다. 따뜻한 옷을 사 입을 수 없어 겨울이면 춥다. 구조가 튼튼하지 못한 집에 살아 더 춥다. 비가 오면 지붕에 비가 샌다. 처량하다. 책 살 돈이 없어 그만큼 읽지 못한다. 친구들에게 밥을 한 번 살 수 없다. 얻어먹기 일쑤다. 위축된다. 외롭다. 슬프다. 그래서 무섭다. 젊어서 고생은 사서 한다지만 그것이 젊어서 윤택하고 풍요로워 행복한 것보다 낫다는 보장이 어디 있는가. 그래서 아이들에게 가난을 물려주면 안 된다.

옛날에는 가난한 사람도 공부를 잘해서 장학금까지 받으며 대학도 가곤 했지만 지금은 그렇지 않다. 물론 학원도 못 다니고 과외도 못 하는 가난 속에서도 오직 학과 수업만으로 공부하여 좋은 성적으로 대학에 들어가는 출중한 학생들도 있다. 그러나 고액 과외와 학원 등으로 무장한 대다수 학생들을 이기려면, 비싼 대학 등록금을 감당하려면 그보다 더 피나는 노력을 해야 한다.

피나는 노력! 그 친구는 그렇게 노력했던 것이다. 저녁이면 업무

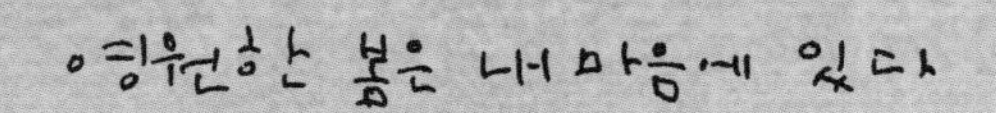
영원한 봄은 내마음에 있다

특성상 매일 술을 마시고 비즈니스를 해야 했다. 출근이 8시 30분인데 그 친구는 전날 아무리 술을 많이 마셔도 7시 30분이면 출근했다고 한다. 정신력이야! 그가 말했다. 정신력! 그러나 이 친구도 나처럼 가난이 무서웠을 것이다.

이 세상은 견뎌내는 세상이다. 버티는 것과는 다르다. 견디며 이겨내는 것이다. 이 세상을 사는 인간의 모든 구조가 그렇다. 견디고 이겨내며 중학교에서 고등학교에 들어가고, 견디며 밤새고 공부하여 대학에 들어가고, 직장에 들어가서 일하고 야근하며 승진하는 것이다. 거기에는 치열함이 따른다. 열정은 물론 갈망하고 열망하면서 한 단계씩 더 나아지도록 치열하게 살아내지 않으면 이 세상에서 진다.

그 친구는 자부심이 강하다. 그의 피나는 노력, 강한 애사심, 열정…. 그런데 어느 날 귀에 이상이 생겼다. 이석증이 왔다는 것이다. 아침에 일어나 머리를 들면 천장이 뱅그르르 돌고 옆으로 돌아누우면 지구가 팽이처럼 회전하는 것 같아 공포스러웠단다. 어지럽고 구토를 하고 아무 일도 할 수 없었다. 이석증. 귀에 있는 반고리관은 사람이 어떤 자세를 취하는지 알려주어 우리 몸의 균형을 잡을 수 있게 해주는 중요한 기관이란다. 거기에 문제가 생겨 몸을 조금만 움직여도 방이 돌아가고 집이 뒤집히는 것 같으니 어떻게 출근을 하겠는가.

다행히 그 친구는 병원에서 치료를 받고 쉽게 고칠 수 있었다. 지금은 괜찮니? 그런데 왜 이석증이 온 거니? 내가 묻자 시를 쓰던 친구답게 아주 멋진 말을 했다.
홍보실에서 오래 일하다 보면 여기저기서 부탁과 청탁이 들어온단다. 하루에도 수십 번씩 그런 전화가 걸려오고 직접 찾아오기도 한단다. 물론 회사 방침이나 경영에 도움이 되는 제안은 받아들여서로 좋은 시너지를 만들었지만 그렇지 않은 것은 듣고 물리쳐야 한다.
그중에서 전혀 모르는 사람이 대뜸 전화해서 반말로 부탁이 아닌 청탁을 하는 것은 정말 싫었단다. 그래서 정중히 거절하면 끊임없이 전화하고 찾아오고 결국에는 협박까지 한단다. 그럴 때 화가 너무 난다고 했다. 그런 전화를 평사원 때부터 매일 듣고 참다 보니 귀에 이상이 온 것 같다고 했다.

진짜 시끄러운 소리가 무엇인 줄 아니? 그 친구가 물었다. 길거리에서 끊임없이 빵빵거리며 오가는 자동차 클랙슨 소리, 집 짓는 소리, 도시에서 들려오는 확성기 소리, 사람들이 떠드는 소리. 이런 것들이 아니다. 진짜 괴로운 소음은 듣기 싫은 말을 들어야 하는 것이다. 받아서도 해서도 안 되는 청탁과 부탁, 악플, 술수가 뻔히 들여다보이는 말, 스트레스로 가득 찬 말투, 금세 들킬 임기응변, 어르고 빰치는 말, 말도 안 되는 협박, 남의 말은 듣지 않고 끊임없이 자기 이야기만 떠드는 소리. 이런 것들이 이 세상에서 가장 시끄러운 소리이다. 지금은 어지러운 증세가 다 나았지만, 그래도 시끄럽다.

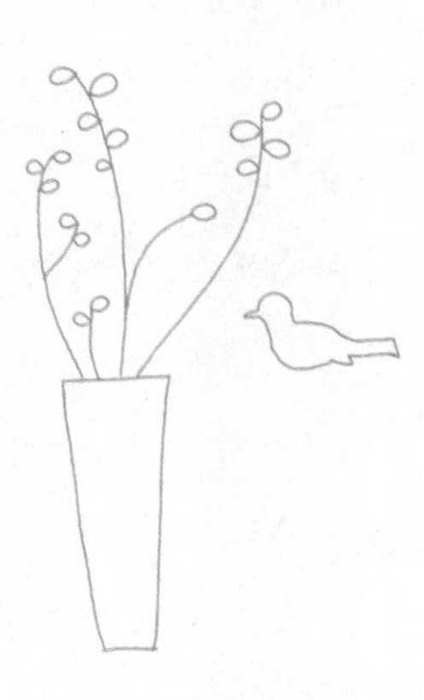

내가
사는 달

겨울이면 내가 사는 달에 항상 찾아오는 새들이 있다. 12월까지만 해도 감나무에 몇 개 남겨둔 홍시들이며 달 마당에 떨어진 열매들이 있는데, 1월이 되어 내가 사는 달에도 강추위가 오고 눈이 내려 산과 내가 사는 지붕을 덮어버리면 새들의 먹이가 없어진다.

가을이면 내가 사는 달에 전에 살던 할머니가 심어놓은 십오 년 된 감나무에 감이 참 많이 열린다. 바람이 불 때마다 넓적한 감잎이 떨어져서 이웃의 별들에게 민폐를 끼친 죄로 감을 따면 앞 별 옆 별 나누어준다. 그러고도 많이 남은 감을 실에 꿰어 붉은 감등, 당신 보시라고 처마 밑에 줄줄이 매달아놓는다. 내가 사는 손바닥

만 한 달 마당, 모과나무와 감나무가 마주 보이는 좁다란 골목 정원으로 봄이면 분홍 철쭉, 여름이면 나팔꽃 분꽃 국화꽃 과꽃… 주로 사람들 곁에서 오래 살아왔던 꽃들도 피어난다.
매달아놓은 감이 꾸덕꾸덕 말라 곶감이 되는 겨울이면 거두어들이고 그중에 두 줄 정도는 남겨둔다. 모빌처럼 흔들리는 풍경이 보기가 좋아서다. 멀리서 당신 보라고 매달아놓은 것이다. 그런데 1월부터 먹을 것이 없는 새들이 우리 집 마당으로 날아와 그 곶감을 공격한다. 조금씩 쪼아 먹고 가는데도 금세 없어진다. 한 번은 왔다가 모두 사라져버린 곶감을 보고 황망히 날아가버리는 것이 안쓰러워 사과를 잘게 썰어 내놓았더니 어느새 다시 와서 다 먹고 간다.
내가 사는 달에 내놓은 과일을 먹으러 매일 찾아오는 새는 직박구리와 어치이다. 직박구리는 감처럼 단것들을 먹는데 어치는 주로 도토리를 먹는다고 한다. 어치는 머리가 좋아서 도토리를 숨겨놓고 다시 찾아 먹는데 때로 건망증 때문에 그대로 묻힌 도토리가 자라서 참나무숲을 이루기도 한다. 지구에서 자라는 참나무숲들은 대부분 어치가 만들어놓은 것이란다.
늘 두 마리씩 찾아오던 직박구리와 어치 부부, 얘네들은 우리가 내놓은 사과와 감을 먹고 작년 겨울도 올겨울도 보냈다. 작년 여름에는 내가 사는 달 마당에 와서 과일을 먹던 어치가 알을 낳아 새끼를 부화시켰는지 시끄러운 새소리가 나서 나가보았다. 그랬더니 우리 집 감나무에서 어미 새가 지켜보는 가운데 새끼가 날다가 마당으로 떨어지는가 싶더니 다시 날아올랐다. 아마도 태어나서 첫 비행인 것 같았다. 아! 조그만 감동이 왔다.
그 생각이 나서 겨울이면 바구니에 과일을 잘게 썰어 내놓았더니 다른 새들도 오기 시작했다. 올겨울에는 산비둘기 부부도 몸을 뒤뚱거리며 와서 먹고 갔다. 그러다 보니 새들에게 주는 과일 값이 만만치 않다. 과일을 썰어서 밖으로 내놓는 아내에게 괜히 부아가 나서 나는 말했다.
"이제 주지 마! 겨울마다 밥을 먹고 갔으면 은혜를 갚아야지. 수입도 좀 늘게 해줘야지. 재들 박씨는커녕…."
이어서 나는 새들에게도 말했다.
"이제 더 이상 줄 감이 없다. 우리 달에 오지 마."
내가 사는 달이 조금 힘든 겨울이었다. 그래서 그랬다. 바랄 걸 바라야지, 아내가 웃었다.

내가 사는 달에는 나와 동화 번역을 하는 아내와 서른 가지 단어를 알아듣는 밤색 푸들 강아지 보리, 이렇게 셋이 살고 있다. 아주 높은 달동네여서 밤에 창을 열면 저기 발아래 지구에 사는 사람들이 켜놓은 불빛들이 보인다. 그런데 그 불빛들을 볼 때마다 글썽거리는 눈물 같다.
"왜 그렇게 보여?"

말을 하지 못해도 느낌으로 다 아는 보리가 고개를 갸우뚱거리며 동그란 눈빛으로 물었다.

"힘들어 해서 그래. 태어나는 것, 먹고사는 것, 공부하고 일하는 것이 모두 힘이 드는 과정이거든. 그 과정이 나중에 보면 즐겁고 행복한 순간인데 사람들은 그 순간을 때로는 못 견디기도 하고 힘들어 하기만 해서 그래."

보리는 이해하지 못하는 것 같았다.

"너처럼 일을 안 해도 되고 밥을 벌지 않아도 되고, 하는 모든 일에 칭찬으로 사랑받는 너는 잘 모를 거야!"

글썽거리는 지구의 불빛을 오랫동안 보리와 바라보며 지구에 사는 사람들에게 힘과 용기를 줄 수 있는 방법에는 무엇이 있을까 생각하기도 한다.

내가 사는 달방에는 기타 한 대와 파스텔, 색연필, 크레용, 물감들이 모두 한 통씩 있다. 그리고 한쪽 벽면이 가득 차게 모아온 두꺼운 종이책들, 그 종이책들만 보면 나는 왠지 든든하고 위안이 된다. 마치 통장에 돈이 두둑이 비축되어 있는 것처럼 말이다. 그 달방에 앉아 책을 읽다가 갑자기 무언가 생각나면 달시를 쓰다가 그 시에 맞게 달그림을 그린다. 그러다가 내 달의 들창에 앉아 기타를 치면 하루 종일 내 옆에만 붙어 다니던 보리는 턱을 다리에 괴고 내 기타 소리를 듣는다.

어치와 달리 경계심이 적은 직박구리들은 바구니가 비면 이제 대놓고 먹이를 달라고 직박거리며 짖는다. 기분이 나빠진 보리도 그 아이들을 보고 짖는다. 참 웃긴 아이들이다. 우리 집에 매일 찾아오는 어치와 직박구리, 박새 그리고 이제는 산비둘기와 다른 새들까지. 찾아오는 아이들에게 먹이를 주길 잘했다. 과일 값이 제법 들어 포기할까 했는데 술 한 잔 안 먹으면 되지 하고 사과와 곡식알을 내놓길 잘했다. 잘했다. 잘했다.
봄이면 마당을 가꾸고 꽃을 심길 잘했다. 그 꽃으로 나비가 오고 벌이 오니까. 잘했다. 아내 몰래 감춰놓은 원고료 꺼내놓길 잘했다. 내가 사는 달이 새들과 함께 먹고사는, 우리가 사는 달이 되었으니까. 달의 수입이 팍 떨어져서 매월 조금씩 하던 기부를 중지할까 했는데 다시 기부하길 잘했다. 우주 은행 달 지점장이 어느새 통장으로 잔고를 밀어 넣어주니까. 잘했다. 참 잘했다. 이 달에서 나는 잘 살고 있는 것이다.

나팔꽃
문간방에 세들어 살던 젊은 부부
가난해도 신혼이면 날마다 동방
화촉인 것을 그 환한 꽃방에서 부
지런히 문 열어주고 배웅하며 드
나들더니 어느새 단칸방 반쯤 열
려진 창문으로 갓 낳은 아이, 야물딱
진 까만 눈동자 똘망똘망 맺혔더라
여름이 끝나갈 무렵 돈 모아 이사나가
고 싶었던 골목집, 어머니 아버지가 살
던 저 나팔꽃방 속 김대웅 씀

갈망하고
열망하고

밤새 뻐꾸기가 울더니 새벽부터는 구구구구 산비둘기가 울었다. 6월 하순. 지금쯤이면 짝짓기를 끝내고 산란기에 들어갔을 텐데 무얼 구하려고 저리 울어대는가. 집 뒤 온 산과 지붕을 덮으며 울어대는 소리에 일찍 잠에서 깨어났다.

문득 뻐꾸기와 산비둘기가 짝을 찾기 위해서가 아니라 꽃을 깨우기 위해서 울어대는 것이 아닌가 하는 생각이 들었다. 입을 꽉 다문 해바라기와 아직 눈을 뜨지 못한 나팔꽃, 봉숭아, 분꽃이 혹여 올해 그냥 지나가고 피어나지 못할까 봐 울어대는 것 아닐까.

지난겨울 한파에 먹이 없는 새들에게 주려고 내놓았던 과일과 곡

류를 먹으러 우리 집 마당까지 찾아왔던 산비둘기 두 마리가 떠올랐다. 그 아이들이 저렇게 울어대는지도 모른다는 생각이 들었다. 아아, 어쩌면 저 아이들이 나의 무엇을 깨우려고, 내 속의 무엇인가를 피워내려고 우는지도 모르겠다. 무얼까. 무엇일까. 빼꾹 빼꾹 구구구구 참 간절하게도 울어댄다.

갈망하고 열망하고 갈구하고 간절하라. 내 생의 모토이다. 그러기 위해서 우리는 오늘도 만원 버스를 타고 지하철에 시달리고 점심을 먹으러 줄을 서 있을 것이다. 전화를 걸고 받고 만나고 부딪치며 구할 것이다. 구구구구 빼꾹빼꾹빼꾹.
출근하려고 문을 여는데 뒤통수에서 무언가 강렬한 시선이 느껴져 뒤돌아보았다. 어제까지만 해도 빗속에서 작은 손을 꽉 쥐고 절대 펴지 않을 것 같던 호박꽃이 활짝 피었다. 빼꾸기와 산비둘기가 피워낸 저 노란 호박꽃. 깜짝 놀랐다.

적막하고
외로웠던 한때

자다 깨어 물끄러미 내가 즐겨 바라보는 우리 집 골목 정원을 내다본다. 잠에서 깨어나 풍경을 바라보면 왜 이쪽과 저쪽이 모두 낯설까. 어디선가 꽈리고추에 멸치를 볶는 냄새, 간장으로 감자조림을 만드는 냄새, 옆집 아줌마가 쌀 이는 소리마저도 적막하고 외로웠고, 한때는 그것들을 감당할 수 없어 울었던 적이 많았다. 정겨운 풍경 앞에서도 슬픔이 몰려올 때가 있다. 이 모든 삶의 냄새와 풍경이 오래전 누군가 이미 적어 놓고 간 상형문자 같다. 당신이 똑같이 벌써 살다간 잉여의 삶들….

산수국이 지고 배롱나무 꽃봉오리가 맺히고 옥잠화 넓은 잎사귀 사이로 나온 흰 옥비녀꽃이 헝클어진 여름의 뒷머리를 가다듬을

무렵쯤 가을이었다. 만 원 주고 사다 놓은 녹슨 양철 물뿌리개 주둥이 속에서 찬물 같은 저녁이 흘러나온다. 둥근 유리 회전문이 돌아가듯이 문득 과거, 현재, 미래를 모두 살아가고 있는 것 같다. 여름이 다 지나가는 저녁 하늘에 낯익은 풍경 하나가 걸린다. 구름 너머 지중해 건너 아득하고 먼 당신이 살았던 중세의 골목 같은….

문득 뜨거운 국수가 먹고 싶다.

어른이
되는 길

살아오면서 그동안 보고 만났던 것들의 이름은 점점 잊히고 눈에 띄지 않았던 나무나 식물들의 이름과 모양새가 눈에 들어올 때가 있다. 산에서 만난 홍매화, 영산홍, 생강나무, 야생초 꽃들이 이쁘고 소중해 보일 때가 있다.
스텔라, 프랑수아즈 강, 린다 김, 소라… 그런 우아한 이름들보다 명자, 순덕이, 복실이… 이런 이름들이 정겹고 더 아름답게 생각될 때가 있다.
삶을 총체적으로 바라보고 인식하는 나이가 되면서부터 사람들은 무의식적으로 인간을 떠나는 연습을 한다. 자연과 가까워지고 자연을 읽을 줄 알게 된다. 빗방울들이 내리면서 하고 가는 말, 바람이 불어올 때 그 바람 속에 들어 있는 아주 오래된 기억과 목소리, 냄새까지도 읽을 줄 알게 된다. 인디언의 지혜와 혜안이 생기는 나이.

그런 나이를 나도 당신도 지나갈 것이다. 새들의 울음소리나 이름, 모양새를 하나씩 인식하고 그런 벗들을 늘려가는 것이 즐거움이고 재산이 되는 나이. 그것이 진정한 인간으로서 어른이 되는 길이 아닐까.

머리는 벗어지는데, 배는 불룩해지는데, 머리카락은 하얗게 백발이 되었는데 탐욕의 눈동자를 번득이고, 두툼한 볼을 씰룩거리고, 아귀 같은 입으로 더 먹을 것이 없나, 더 모으고 어떻게든 안 쓰고 빼앗을 것은 없나, 얻어먹을 데는 없는가 기웃거리는 괴물들이, 공룡들이 많은 사회일수록 불행하고 삭막해진다.

덜 가졌어도 주고 주고 또 주고, 없어도 사주고 사주고 또 사주고, 가능한 버리고 버리고 또 버리면서 나무와 꽃과 새와 바람과 구름을 친구로 사귈 줄 알아야 하는 나이, 그런 어른들, 정치인들, 기업인들이 많은 나라일수록 세상은 너그러워지고 여유로워지고 평화로워진다. 추잡스러워지지 말자. 여여如如해지자. 보는 것, 말하는 것, 먹는 것, 듣는 것, 무심無心, 무주無住, 무착無着, 분별이 없어져 마음 작용이 일어나지 않는 것. 본래가 그렇게 둥글고 환한 것. 그런 어른으로 가자. 집 뒷산에서 꽃들을 보고 내려오면서 생각했다.

달에
빌다

피그말리온이라는 조각가가 있었다. 그리스 신화에 등장하는 왕이다. 세상 어떤 여자에게도 사랑을 느끼지 못하며 그는 오랫동안 혼자 살아가고 있었다. 그러다가 어느 날 상아로 아름다운 여인상을 조각했다. 자신의 상상 속 완벽한 여인상을 조각하다 보니 점점 이 조각상이 좋아졌고 모두 만들어놓았을 때는 그만 깊이 사랑하게 되었다. 자신의 아름다운 여인상에 어울리는 옷도 사다 입히고 목걸이도 걸어주고 선물도 하고 끌어안기도 했다.

그러면서 매일매일 간절하게 빌었다.

"저 아름다운 여인을 제게 주소서!"

그러던 어느 날 그 조각상에 입을 맞추는데 여인의 숨결이 들리고 체온이 느껴졌다. 심장도 뛰었다. 미의 여신 아프로디테가 그의 간절한 소원을 들어준 것이다. 그것을 피그말리온 효과Pygmalion effect라고 부른다. 간절히 원하면 이루어지는 것.

"달에 소원을 빌면 이루어진다고 생각하니?"

누군가 나에게 물었을 때 나는 서슴지 않고 대답했다.

"그럼 당연하지."

암스트롱이 달에 착륙한 지가 언제인데, 그리고 지금이 어느 시대인데… 스마트폰을 들어 보이며 그가 웃었다. 나도 웃었다. 소설을 쓰는 후배가 산문에 이런 글을 썼다.

"간절히 원한다고 모두 다 이루어지지 않는다. 그렇다면 우리가 소원을 비는 방법이나 이루어지길 원하는 방식이 잘못된 것은 아닐까."

그 말에도 나는 서슴지 않고 대답할 수 있다. 맞다.

간절하게 빌기만 한다고 이루어지는 것이 아니다. 원하는 그것을 위해 행동하며 다가가야 한다. 조각가가 매일 여인상에게 마치 살아 있는 여인인 것처럼, 사랑하는 사람에게 하는 것처럼 입맞춤하고 쓰다듬고 옷을 입히고 손가락에 반지도 껴주면서 숨결을 불어넣는 행동과도 같은 것이다. 진심으로 사랑했기 때문에 그 조각상이 살아났다는 기적 같은 신화를 나는 믿는다.

먼저 원하는 것을 머릿속에 그림으로 그려야 한다. 형상形相을 그리며 자꾸 떠올려야 한다. 그리고 의식적으로든 무의식적으로든 모든 행동이 조금씩 원하는 그것을 향해야 한다. 힘든 일이 따르고 고통도 분명히 따른다. 그래도 내가 소원하는 것으로 향해 가는데 그런 것쯤이야 포기하지 말고 이겨내며 가야 한다.

공황장애로 힘들었던 적이 있다. 비행기는커녕 지하철을 비롯해 출퇴근 버스를 타기도 무서웠다. 회사가 홍대 쪽에 있었고 집이 일산에 있었다. 합정역에서 일산으로 들어가는 노선은 자유로를 지나가야 하기 때문에 한 정거장이 무척 길다. 그 한 정거장을 견딜 수가 없었다. 술을 많이 마시고 취기에 타면 괜찮았다. 폐인이 될 것 같았다. 좋아하는 여행도 못 할 것 같았다. 어느 순간 호흡이 가빠지고 숨이 막히고 죽을 것만 같아 두렵고 두려웠다.
달리기를 했다. 아내가 운전하는 자동차로 퇴근하여 집에 오자마자 달렸다. 탄현에서 백마역까지 한 시간씩 매일 밤 달렸다. 나아질 거야! 나을 거야! 좋아질 거야! 라고 말할 때마다 엄지와 중지 손가락을 딱딱 부딪치며 뛰었다. 비가 내리거나 눈이 오는 날에는 뛰지 않았으니까 내가 달리기를 하던 밤에는 늘 이마 위로 달이 떴다. 달에 참 좋은 기운이 있다는 것을 뛰면서 알았다. 옛사람들이, 모든 인류가 왜 달을 보고 빌었으랴. 그리고 그것을 어떻게 말로 하고 글로 쓸 수 있으랴.
"원래 공황장애란 장애라기보다 증세라고 할 수 있습니다. 보통 쉽게 낫거나 잘 극복하지 못하는데 아주 빠르게 좋아지셨네요. 이

마음은 마치 그림쟁이 같아서 능히 모든 세상을 그려내나니

일체 존재가 이로부터 생겨나 어떠한 것도 만들지 못함이 없구나.

제 더 이상 병원에 오지 않으셔도 되고 약을 먹지 않아도 됩니다."
처음에는 일주일에 한 번, 그러다가 2주에 한 번, 한 달에 한 번씩 백병원에 들러 상담을 받고 약을 탔는데 완치됐다고 오지 말란다. 꼭 삼 년 만이었다.
나는 간절히 이 장애가, 아니 증세가 낫기를 원했다. 그리고 나았다. 비행기를 타기 일주일 전부터 잠을 못 이루고 비행기를 타는 날은 마치 형장에 끌려가는 기분처럼 온몸에 식은땀이 났었다.
'피할 수 없으면 즐겨라.'
단순하면서도 의미 있는 이 말 한마디를 철석같이 믿고 비행기를 타며 극복했다. 간절히 원하는 것. 그쪽으로 달려가며 달에게 빌었다. 그 좋은 파동이 왔다. 에너지가 왔다. 그리고 달을 그리게 되었다. 그림을 배운 적이 단 한 번도 없었는데도.
화엄경에 이런 게송이 있다.

—

마음은 마치 그림쟁이 같아서
능히 모든 세상을 그려내나니
일체 존재가 이로부터 생겨나
어떠한 것도 만들지 못함이 없구나.

—

지금 당신, 아프니? 외롭니? 숨이 턱에 닿게 달려도, 뜨거운 물에 몸을 담가도, 밥솥째 끌어안고 밥을 퍼먹어도, 펑펑 울어도, 슬프니? 밤이 길고 무섭니? 너무 힘들어서 죽을 것만 같니? 근육조차 움직일 수 없을 것 같지는 않니?

일어나! 그래도 살아! 간절히 원하면 이루어지잖아!

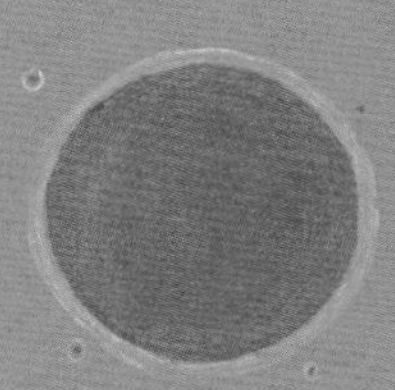
달눈
세상에서 이루어지지 못한
모든 첫사랑들은 달에게로 가
당신이 깊이 잠든 한여름밤
달눈으로 내려온다 누군가 걸
어오는 소리 태어나서 처음으
로 너무나 그립고 아팠던 첫
사랑이 내리는 소리 달詩

달눈

• • •

세상에서 이루어지지 못한
모든 첫사랑들은 달에게로 가
당신이 깊이 잠든
한여름 밤
달눈으로 내려온다
누군가 걸어오는 소리
태어나서 처음으로
너무나 그립고 아팠던
첫사랑이 내리는 소리

달눈

그거 아니? 여름에도 눈이 내리는 날이 있다는 것. 아득하고 아득한 한여름 밤의 꿈 같던 날들, 신열처럼 앓았던 날들 말야. 얼마나 뜨거웠던 기운인데 사라졌겠니. 잠 못 이루던 밤. 이루어지지 않았던 모든 첫사랑은 달에게로 가서 8월이면, 해마다 8월의 마지막 밤이면 달눈으로 내려온단다.
아득하고 환하여라. 그렇게 아프고 아파서 아름다운 달눈이 내려오는 밤.

달잠

달 속에 잠이 들었다
깊고 고요한 잠 위로
낙엽이 쌓이고 눈이 내리고
세상에서 나는 잊혀지고
수 세기 아득한 저편
밤이면 떠오르는 달이 있어
까마득한 눈꺼풀을 두드리는
푸른 달빛이 있어
땅 속을 흐르는 강물과 구름
상형문자로 남은 기억들이
양치식물의 뿌리 속으로 스며들면
아주 먼 어느 봄밤
꽃피는 소리에 자다가 깨어난 당신
나뭇가지에 걸린 달 바라보다가
언젠가 어느 생에서였던가
화들짝 사랑했던 풍경 떠올라
저 환한 달 속에 깨어나는
둥근 잠 바라보며
당신 봄눈처럼 펑펑 울리라

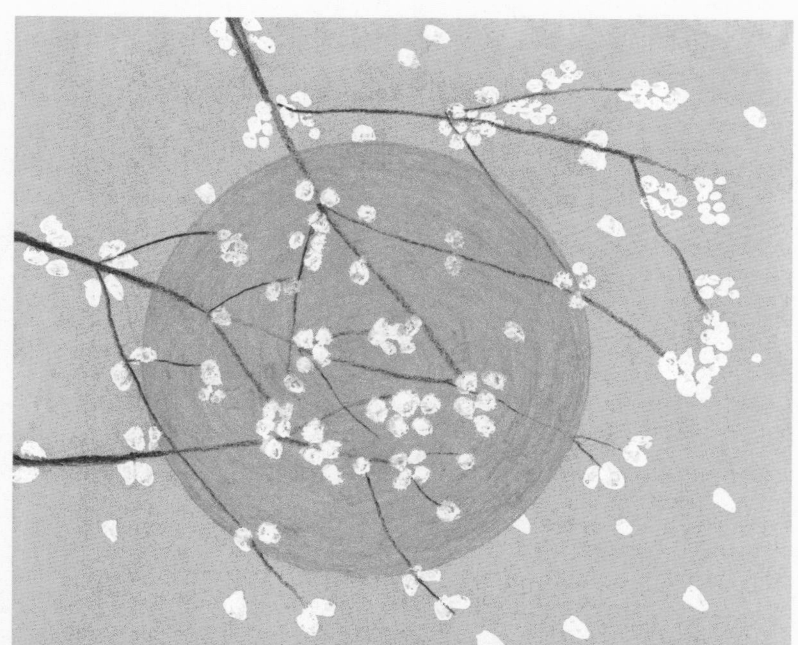
달잠
달속에 잠이 들었다 깊고 고요한 잠 위로 낙엽이
쌓이고 눈이 내리고 세상에서 나는 잊혀지고 수세미
아득한 저편 밤이면 떠오르는 달이 있어 까마득한
눈꺼풀을 두드리는 푸른 달빛이 있어 땅속을 흐르는 강물과
구름 상형문자로 남은 기억들이 양치식물의 뿌리속으로
스며들면 아주 먼 어느 봄밤 꽃피는 소리에 자다가 깨
어 난 당신 나뭇가지에 걸린 달 바라보다가 언젠가
어느 생에서였던가 화들짝 사랑했던 풍경 떠올라
저 환한 달속에 깨어나는 둥근 잠 바라보며 당신 봄
눈처럼 펑펑 울리라 달잠 달빛에 잠들다 2015
대웅

달 라디오

—

누가 잠을 못 자고 있는가 보다
밤새 달에서 들려오는 낮은 라디오 소리
사랑고백 같기도 하고
울음소리 같기도 하고
모래에 스미는 먼 파도소리 같기도 한
저 소리 들으려면
달빛 어디에 주파수를 맞추어야 하는 걸까
모두 잠든 깊고 고요한 저 달에도
목련이 피는 봄밤이 있어
불을 꺼도 너무 환한 외로움이 있어
사막에 친 텐트의 불빛처럼
새어나오는 트랜지스터 같은 목소리
그 고백 듣고 싶어
잠들지 못하고 켜놓은
달의 사연 듣고 싶어
나도 밤새 잠 못 이루고 뒤척이는
봄밤

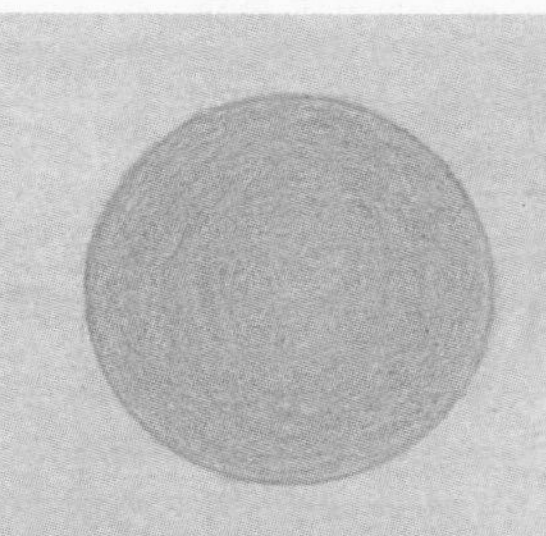

누가 잠을 못 자고 있는가 보다 밤새 달에서 들려오는 낮은
라디오 소리 사랑 고백 같기도 하고 울음소리 같기도 하고 오래
에 스미는 먼 파도소리 같기도 한 저 소리들으려면 달빛에
디에 주파수를 맞추어야 하는 걸까 모두 잠든 깊고 고요한 저
달에도 목련이 피는 봄밤 이 시에 불을 꺼도 너무 환한 외로움
이 있어 사막에 친 텐트의 불빛처럼 새어 나오는 드런
지스터 같은 목소리 고백 듣고 싶어 잠들지 못하고 귀 기울은
달의 사연 듣고 싶어 나도 밤새 잠 못 이루고 뒤척이는 봄밤
2015 달春흥 권대웅
달라디오

달보다 높은 집

—

낮은 담장을 넘어온 달빛이

내 방을 다 들여다보던 집

뒤척이는 잠소리가

물소리처럼 벽들 사이로 흐르던 집

외로움도 너무 환해

불을 켜기 싫었던 집

지나가던 별들이 창문에 이마를 부딪히던 집

달의 뒤편에 사는 사람들이

더 따뜻했던 집

눈을 떠도 환하고 눈을 감아도 환하여

가난한 울음도 환했던 집

달보다
높은
집
제일상회
달보다 높은집 낮은담장을 넘어온 달빛이 내방을 다 들여다보던 집 뒤척이는 잠
소리가 물소리처럼 벽들사이로 흐르던 집 외로움도 너무 환해 불을 켜기 싫었던 집 지나
가던 별들이 창문에 이마를 부딪히던 집 달의 뒤편에 사는 사람들이 더 따뜻했던
집 눈을 떠도 환하고 눈을 감아도 환하여 가난한 울음도 환했던 집
2015

당신이 다시 오시는 밤

누가 환생을 하는가 보다
봄밤 아카시아 꽃향기가
만수향처럼 가득하다
목이 메인다
내가 알았던 생이었나 보다
기우뚱 떠오르려다 사라지는
나뭇가지 위 달이 밀어내는
꽃봉오리가 뜨겁다
이 밤에 당신은 무엇으로 오시는가
목이 꺾이도록 달을 바라보다가
저 달 속에 그만 풍덩 몸을 던져
당신이 오고 있는 길
그 생 좇아 다시 오고 싶다

누가 환생을 하는가
보다 봄밤 아카시아 꽃향
기가 만수향처럼 가득하다
목이 메인다 내가 알았던 생이
있나 보다 가슴 뜨거오르려다 사라
지는 나뭇가지 위 달이 밀어내는 꽃
봉오리가 뜨겁다 이 밤에 당신은 무엇
으로 오시는가 목이 꺾이도록 달을 바라보
다가 저 달 속에 그만 풍덩 몸을 던져
당신이 오고 있는 길 그 생 쫓아 다
시 오고 싶다 달詩 5 권대웅
당신이 다시 오시는 봄밤

부에노스아이레스의 달

—

달아나도 자꾸 따라오는 것이 있다
아주 멀리 도망쳐도
어느새 등 뒤에 와 있는 것이 있다
돌아보지 않으려고 눈을 감았다
잊어버리려고 숨이 차도록 달렸다
지구의 최남단 끝 바닷가, 우수아이아
파도 속에서 머리카락 냄새가 났다
만리향 하얀 향기
당신이 달려올 때 퍼지던,
기억하지 않으려고 잃어버리려고
바다에 돌멩이를 던지다
무릎을 꿇고 앉아 울었다
하얀 달이 떠 있었다
부에노스아이레스의 뒷골목에서는
사랑도 탱고로 한다
슬픔이 슬픔을 만나 환해지는
달의 사랑
외로워서 서로가 다행인 사랑
불빛에 부푼 술잔이 흐느적거리고
음악이 파도 위 물방울처럼 튀어오를 때
젖은 눈썹 위로 또 하나의 달이 뜬다
아프고서야 더 명징해지는 것이 있다
멀리 떠날수록 더 그리워지는 것이 있다

달아나도 자꾸 따라오는 것이 있다 아주 멀리
도망쳐도 어느새 등뒤에 와 있는 것이 있다 돌아보지
않으려고 눈을 감았다 잊어버리려고 숨이 차도록 달렸다
지구의 최남단 끝 바닷가 우수아이아 또도속에서 머리
카락 냄새가 났다 만리향 하말 향기 당신이 떨려
올 때 펴지던, 기억하지 않으려고 잃어버리려고 바다
에 돌멩이를 던지다 무릎을 꿇고 앉아 울었다 하얀 달
이 떠 있었다 부에노스아이레스의 뒷골목에서는 사
람 또 탱고로 한다 슬픔이 슬픔을 만나 환해지는 달의
사랑 외로워서 서로가 다행인 사랑 불빛에 부풀
은 잔이 흐느적거리고 음악이 파도위를 방울처럼 튀
어오를 때 젖은 눈썹 위로 또 하나의 달이 뜬다 아
프고서야 더 명징해지는 것이 있다 멀리 떠날
수록 더 그리워지는 것이 있다
부에노스아이레스의 달

꽁치

—

누가 저 달에서 꽁치를 굽고 있나보다
검은 숯탄 위에 노릇노릇 구워지고 있는
저 초승달
봉급날 생선 한 마리 사들고 오던 아버지
매월 이것저것 떼어주고 나면
남는 것은 손톱만큼
달도 그렇게 기울면
술 한 잔 하는 것이어서
연탄불에 꽁치 올려놓고
한 잔 두 잔 마실 때마다
발라 먹고 난
앙상한 초승달이
겨울 하늘에 가시처럼 걸려 있다

누가저 달에서 꽁치를 굽고 있나보다 검은 숯한위
에 노릇 노릇 구워지고 있는저 초승달 봉급날 생선 한
마리 사들고오던 아버지 매월 이것저것 떼이
주고 나면 남는것은 손톱만큼 달도 그렇게 기울면
술한잔 하는것이어서 옛 연탄불에 꽁치 올려놓
고 한 잔두잔 마실 때마다 빌리며고
신앙 상한 초승달이 겨울하늘에 가시
처럼 걸려있다 달詩

권대웅

달을 사랑한 물고기

강물도 젖을 때가 있다
물고기가 몸을 털고 지나갈 때
달빛이 물의 속살을 어루만질 때

밤은 어두운 것이 아니라 푸르러서
날아가 별이 되는 꿈을 꾸는 장수하늘소
달에 가고 싶어
밤마다 물의 창에 나와 달을 사랑한 물고기

꿈속을 흘러 가는 것은 추억만이 아니다
아득히 먼 곳에서 더 먼 곳으로 가는
머리맡의 강물이 내 앞의 생을 지날 때
자다가 벌떡 일어나 나도 울었다

은하수에서 온 열목어 카시오페아 건너
초록별에서 살던 사슴벌레
지느러미가 아름다운 별에서 온 노랑할미새
강가에 살다가 밤이면
당신과 살던 환한 그 집 바라본다

젖은 물소리가 달에 가 닿는다

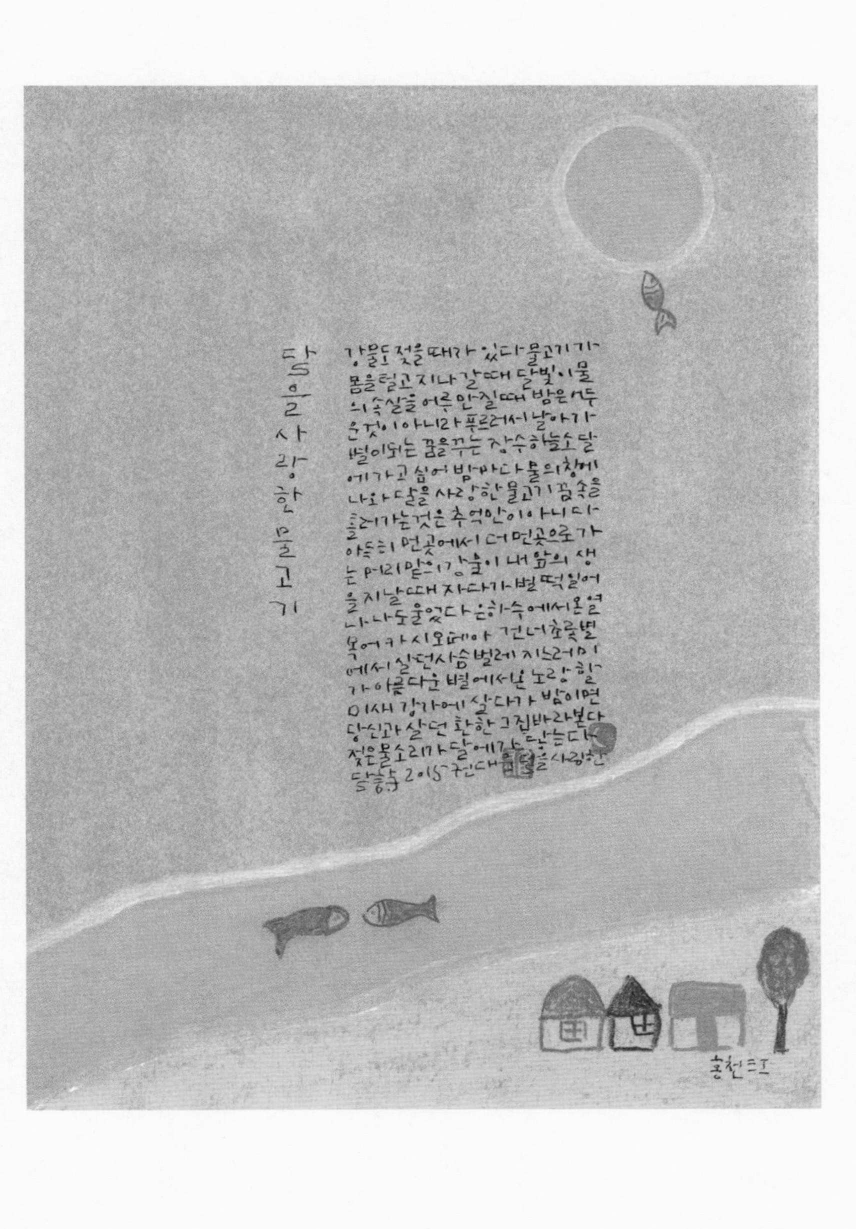
달을 사랑한 물고기
강물도 젖을 때가 있다 물고기가
몸을 털고 지나갈 때 달빛이 물
의 속살을 어루만질 때 밤은 어두
운 것이 아니라 푸르러서 날아가
별이 되는 꿈을 꾸는 장수하늘소 달
에 가고 싶어 밤마다 물의 창에
나와 달을 사랑한 물고기 꿈속을
흘러가는 것은 추억만이 아니다
아득히 먼 곳에서 더 먼 곳으로 가
는 머리맡의 강물이 내 삶의 생
을 지날 때 자다가 벌떡 일어
나 나도 울었다 은하수에서 온 열
목어 카시오페아 건너 초록별
에서 살던 사슴벌레 지느러미
가 아름다운 별에서 온 노랑할
미새 강가에 살다가 밤이면
당신과 살던 환한 그 집 바라본다
젖은 물소리가 달에 가 닿는다
달을 사랑한
2015

그리운 것은 모두 달에 있다

—

밥 먹으라고 부르던 엄마의 목소리
늦은 밤 골목길을 걸어오던 아버지 휘파람
텅빈 초등학교 운동장
음악실에서 들려오던 풍금소리
낮에 놀다 두고 온 나뭇잎 배처럼
저 달 속에서 살다가 가을이면
천둥호박이 부풀어 오르는 가을밤이면
두둥실 달의 그리움도 여물어
지상에 외로운 그대 만나러 온다
보따리 가득 머리에 이고
아들집 오는 어머니처럼 다 나누어 주고도
더 주고 싶은 달의 마음
둥글어라
풍성한 그 손길에
들꽃들 외롭지 않고
밤하늘 나는 가을새 날개
따뜻하여라
달빛이 마당에 쓰는 편지를 읽는 귀뚜라미
잘 살았느냐
추석날 큰집에 모이는 불빛처럼
나뭇가지 위 휘엉청 찾아와
그리운 날들 모두 어루만져주고 가는
저 달
하늘색 나무 대문집에서 바라보던.

그리운 것은 모두 달에 있다

그리운 것은 모두 달에 있다 밥 먹으라고 부르던 엄마의 목소리 늦은 밤 골목길을 걸어오던 아버지의 휘파람 텅빈 초등학교 운동장 음악실에서 들려오던 풍금 소리 낮에 놀다 두고 온 나뭇잎배처럼 지금 달 속에서 살다가 가을이면 천둥호박이 뿔에 오르는 가을밤이면 두둥실 달의 그리움도 여물어 지상에 외로운 그대만 내려온다 보따리 가득 머리에 이고 아들집 오는 어머니처럼 다 나누어 주고도 더 주고 싶은 달의 마음 둥글어라 풍성한 그 손길에 들꽃들 외롭지 않고 밤하늘 나는 가을새 날개 따뜻하여라 달빛이 마당에 쓰는 편지를 읽는 귀뚜라미 잘 살았느니 추석날 큰집에 모이는 불빛처럼 나뭇가지 위 휘영청 찾아와 그리운 날들 모두 어루만져주고 가는 저 달 하늘색 나무대문집에서 바라보던

김대[illegible]

알퐁스 도데의 달

별이 아니고 달이었어

너무 아득하면 당신도 멀게 느껴지니까

밤에도 외로우면 안 되니까

달빛이 필요했어

냇물에 비친 달의 정령들이 와

나뭇잎을 반짝이게 하고

노새의 방울을 흔들고 가는 목동의 밤

고요하고 온유하고 가득찼어

잠든 양떼들이 뒤척이며

간간히 울 때마다

밤하늘에서 떨어지던 저것은 무엇일까

천국으로 들어가는 영혼이지

별들이 은방울 꽃을 들고

달의 마당에 와서 결혼식을 올리는 밤이었어

모닥불을 피우고 소원을 빌었어

내가 당신에게 가는 것이 아니라

당신이 내게 와달라고

이 세상에 없는 당신이

달빛으로 오는 밤이었어

알퐁스 도데의 달

별이 아니고 달이었어
너무 아득하면 당신도 멀
게 느껴지니까 밤에도
외로우면 안 되니까 달빛
이 필요했어 냇물에 비
친 달의 정령들이 와 나
뭇잎을 반짝이게 하고 노
새의 방울을 흔들고 가는 속도
의 밤 고요하고 온유하고 가득
찼어 잠든 양떼들이 뒤척
이며 간간히 울 때마다
밤하늘에서 떨어지던 저
것은 무엇일까 천국으로 들어
가는 영혼이지 별들이 은빛
을 꽃들고 달의 마당에 와서
결혼식을 올리는 밤이었어 오직
불을 피우고 소원을 빌었어 내
가 당신에게 가는 것이 아
니라 당신이 내게 와 달라
고 이 세상에 없는 당신이 달
빛으로 오는 밤이었어 권대웅
달詩 프로방스 달 2015

달에게 가는 기차는 저녁 여섯시에 떠난다

—

노을 너머 기적이 울리고 있다
기차가 오고 있다
이곳에서 저곳으로 떠나야 할 무렵
태양은 서둘러 저의 햇빛을 거두어들이고
새들은 속도를 내어 날고
사람들은 불안해진다
저녁이면 어디론가 떠나야 하는데
그럴 수 없어 둥지를 만드는 것들
어둑어둑 삼투해 오는 저쪽의 시간이
늑골 깊이 스며들 때
돌아가는 것이 아니라
떠나야 한다는 것을 아는 이들은
기차를 기다린다
주머니에 넣은 기억들이
세상에서 이루어지지 않아
더 아름다운 꿈
기차가 은하수를 지나갈 무렵
창문에 쓰고 싶은 말
어스름이 내려오는 하늘 한 귀퉁이
저녁 여섯시의 정거장
고개를 들면 두 눈 가득 환해지는 것들
나뭇가지 사이로 기적이 울린다
달에게로 떠나는 기차가 들어오고 있다

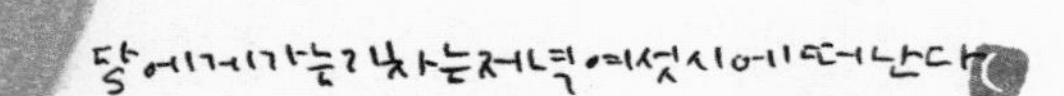

달에게가는기차는저녁여섯시에떠난다

노을너머기적이울리고있다 기차가 오고 있다 이곳에서 저곳
으로 떠나야할무렵태양은 서둘러제의햇빛을 거두어들이고 새들
은 속도를내어날고사람들은불안해진다 저녁이면 어디론가떠
나야하는데그럴수없어 둥지를만드는것들 어둑어둑삼투해오는 저
쪽의시간이 누골값이스며들때 돌아가는것이아니라 떠나야
한다는것을 아는이들은 기차를기다린다 주머니에 낡은기억들이
세상에서이루어지지않아 더 아름다운 꿈 기차가 은하수를지나
갈무렵창문에 쓰고싶은말 어스름이내려오는 하늘한귀퉁이 저녁
여섯시의정거장 고개를들면 두눈가득환해지는것들 나뭇가지사
이로기적이울린다 달에게로떠나는기차가 들어오고있다 대웅

❀ 권 대 웅

달의 시인 권대웅은 조선일보 신춘문예 시 부문에 「양수리에서」가 당선되어 등단했다. 시집 『당나귀의 꿈』 『조금 쓸쓸했던 생의 한때』 그리고 몇 권의 산문집과 동화책을 출간했으며 세 번의 달시화 개인 전시회를 열기도 했다.

그리운 것은 모두 달에 있다

초판 1쇄 발행 2015년 2월 27일 초판 3쇄 발행 2015년 12월 10일

지은이 권대웅 펴낸이 연준혁

출판 1분사
책임편집 가정실
편집 한수미 정지연 최연진 최유진 김민정 위윤녕

펴낸곳 (주)위즈덤하우스 출판등록 2000년 5월 23일 제13-1071호
주소 경기도 고양시 일산동구 정발산로 43-20 센트럴프라자 6층
전화 031)936-4000 팩스 031)903-3893 홈페이지 www.wisdomhouse.co.kr

값 13,800원
ISBN 978-89-5913-890-6 03810

국립중앙도서관 출판시도서목록(CIP)

그리운 것은 모두 달에 있다 / 지은이 : 권대웅.
-- 고양 : 위즈덤하우스, 2015
p. ; cm
ISBN 978-89-5913-890-6 03810 : ₩13800
산문집[散文集]
814.7-KDC5
895.745-DDC21 CIP2015003778